92년생 김지영,

정신과 약으로 날려버린 마음,

WPI **심리상담**으로 되찾다

차례

영화와 현실은 얼마나 닿아 있을까.

동명의 소설을 영화화한 <82년생 김지영(2019)>에서는 대한민국에서 여성으로 태어나 살아가는 것이 얼마나 힘든 일인지를 평범한 한 여성의 삶을 통해 보여준다. 영화 속에서 김지영 씨가 자신에게 닥친 역경을 물리치고 작가로서 정체성을 찾는 데에 열쇠와 같은 역할을 해준 이는 바로 정신과 의사이다. 의사는 시종일관 온화한 미소를 지으며 지영 씨가 속엣말을 다 털어놓을 수 있도록 인내심을 갖고 지켜봐 주었다. 김지영 씨가 뚜렷한 이상 증세를 보이는데 그 어떤 병명으로도 진단을 내리지 않았다. 그 결과 단 한 알의 약도 먹지 않은 채 김지영 씨는 정상적인 삶을 되찾게 되었다. 한 여성의 아픔에 깊이 공감한 관객들은 역경을 극복해 낸 그녀의 치유 서사를 영화가 보여주는 대로 고스란히 믿게 되었다.

하지만 현실의 김지영 씨가 병원에서 의사를 만나며 겪은 일은 영화 속 이야기와 완전히 달랐다. 현실 속 김지영 씨도 아픈 마음을 그러안고 어느 병원의 정신건강의학과를 찾았다. 의사 선생님은 모든 것을 알고 있다는 듯한 표정으로 그녀에게 '우울증'이라는 병명을 붙여주었다. 그리고 우울증을 치료할 수 있다는 약을 처방해 주었다. 지영 씨는 자신이 이토록 괴로운 이유가 우울증에 걸린 환자였기 때문이라는 것을 알게 되었다고 믿었다.

데파스, 웰부트린, 아빌리파이, 졸피뎀. 그녀는 언젠가 병이 나으리라 믿으며 알약을 꾸역꾸역 삼켰다. 지영 씨의 괴로움은 좀처럼 사그라들지 않았다. 진료실을 찾아갈 때마다 의사는 지영 씨가 약을 꾸준히 잘 챙겨 먹고 있는지를 가장 중요하게 여겼다. 그녀가 성실하게 복용한 약은 지영 씨의 일상에 스며들었다. 그 결과 지영 씨는 자신의 능력을 온전하게 발휘하지 못했다. 20퍼센트도 안 되는 일부만을 끌어모아 몸을 가누는 것조차 힘든, 위태로운 생활을 겨우겨우 이어갔다.

무려 12년간 반복된 일이었다. 아픔을 치료하겠다고 정신과를 다닐수록 지영 씨가 삼켜야 할 약의 개수는 늘어만 갔고, 몸의 감각은 무뎌지고 무기력해졌다. 그녀는 점점 더 자신이 희미해지는 것만 같았다. 더는 이렇게 살 수 없었다. 우연한 기회로 김지영 씨는 황상민 박사에게 WPI 심리상담을 받게 되었다. 황 박사는 그녀의 아픔에 새로운 병명을 붙이지도, 약물 치료를 권하지도 않았다. 그 대신 평생 동안 누구도 알아주지 않았고 자신조차 외면했던 지영 씨의 마음을 하나하나 읽어주었다. 부글부글 끓어오르는 자신의 마음을 누군가가 알아주자 그녀는 속이 후련해졌다.

"제 마음을 누가 좀 이해해 주고, 제가 앞으로의 삶을 잘 살아간다면 굳이 약을 먹을 필요가 없겠다는 생각이 들어요."

이것은 김지영 씨가 자신의 삶에 대해 스스로 내린 첫 번째 결정이었다. 오래도록 누군가가 자신을 위해 아리따운 파랑새를 찾아주길 바랐으나 알고 보니 그것은 현실에서 결코 일어나지 않을 헛된 기다림이었다. 지영 씨는 심리상담을 통해 자신의 마음을 차츰 알아가면서부터 치유의 과정에 들어서게 되었다. 바로 김지영 씨가 스스로 자신만의 파랑새, 자기 마음을 찾겠다고 결심한 순간부터 가능해진 일이었다. 이제 지영 씨는 우울증 환자로서 무기력하게 보내던 삶에서 벗어나 자기 자신의 삶을 살아가려 한다. 김지영 씨가 뚜벅뚜벅 내딛는 걸음걸음을 독자들도 함께 생생하게 경험할 수 있을 것이다.

이 책을 집필한 또 한 가지 이유는 누구도 언급하지 않는 현실, 현대 정신의학에서 정신병 약물을 통해 마음의 아픔을 치료한다는 주장에 의문을 제기하는 것이다. 분명히 신체 기관의 일부인 '뇌와 신경계'에 작용한다는 '정신병 약'을 가지고 결코 신체가 아닌 '마음', 즉 '정신'을 치료한다는 현대 정신의학의 정체에 의문을 제기하는 것이다.

나 황상민은, 마음이 아니라 신체의 활동을 억압하고 진정시키는 약물로써 인간 마음의 아픔을 치료하는 현대 의학의 통념적인 치료 방식에 의문을 제기하는 심리학자, 심리상담가로 기억되고 싶다. 자신의 마음을 잃어버릴 때, 자신의 몸을 진정시키거나 억제하는 약물을 '의사' 또는 '의료 전문가'라는 직업인에게 처방받는 것 자체가 마치 '성령의 은총'이나 '신비의 약'을 받게 된 것으로 받아들이는 상황을 고발하고 싶다. 현대 정신의학에서 정신병이라 진단받은 환자들을 '정신병 약'으로 치료하기 시작한 지 약 70년 이상의 시간이 흘렀다. 그뿐 아니라 과거에 알 수 없는 이유로 자신의 마음을 잃어버리거나 정상적인 생활을 할 수 없는 사람들에게 현대의 정신 약물은 흡사 비타민처럼 처방되었다. 그 결과 점점 더 많은 사람들이 더욱 다양한 정신병 약으로 인해 자신의 마음을 잃어버린 채, 그야말로 정신병 환자의 모습이 되어 근근히 생활하고 있다. 이로써 행동을 일시적으로 통제·관리하는 정도의 효과를, 보호자나 관리자의 입장에서 누릴 수 있다. 하지만 정신병으로 진단받은 수많은 당사자들은 자신도 모르게 정신과 약을 복용함으로써 더 많은 정신병 증상을 겪기도 하고, 또한 정신병 약에 중독된 상태로 생활하게 된다. 전형적인 약물중독과 그리 다르지 않은 상태이지만, 일방적인 쾌락이나 진정 효과를 추구하는 약물과는 다르다는 이유로 현대 의학은 '정신병 약물' 치료법을 '마음의 아픔'을 치료하는 데에 활용하고 있다. 이런 현대인의 고민과 마음의 혼란, 그리고 그것에서 벗어나는 길을 이 책 『92년생 김지영』에서, 실제 나의 상담실에서 일어났던 구체적 상담 내용과 사례로써 대중에 소개하려 한다.

"아픈 마음은
고장 난 기계가
아니다."

1

당신이 외면한 그녀의 속사정

마음의 '감기'와
'지진' 사이에서 길을 잃다

  어느 늦겨울과 초봄의 경계에서 나는 소위 '공황장애'라는 것을 경험했다.

  공황장애.

  나의 경험을 누군가가 이 단어로 표현하긴 했지만, 내가 겪은 일을 다 담아 낼 수는 없었다. 그것은 실로 엄청난 규모의 지진이나 해일처럼 내게 들이닥쳤다. 아니, 내 모든 것을 일순간에 무너뜨려 버렸다. 그저 침대에 반듯이 누우려던 찰나에 일어난 일이었다. 나는 잔뜩 겁에 질린 어린아이처럼 눈물을 쏟아낼 수밖에 없었다. 다행인지 불행인지 가족 중 누구도 내 숨막히는 공포와 소리 없는 비명을 눈치채지 못했다.

  새벽 2시가 넘어서야 겨우 잠이 들었다. 그리고 정확히 세 시간 후에 눈이 떠졌다. 이런 생활이 6개월도 넘게 지속됐다. 불면증 탓이라 여길 수도 있겠지만, 어쨌든 너무나 괴롭다는 느낌 뿐이었다. 침대에서 일어나 앉아 깊은 숨을 쉴 수밖에 없었다.

'하….'

침대 옆의 작은 침대 속에는 이제 막 돌이 지난 딸아이가 천사처럼 잠들어 있었다. 아이의 새근새근 고요한 듯 분주하게 움직이는 숨소리에, 파르르 떨리던 내 눈꺼풀이 가만히 잦아들었다. 커튼으로 꽁꽁 가려둔 창 너머에서 제법 거친 빗소리가 스며들었다. 시선이 벽에 걸린 시계로 향하자 번뜩, 아이가 우유를 찾을 시간이라는 생각이 들었다. 방을 나와 최대한 조용히 분유를 탔다. 거실 소파에 잠들어 있는 남편이 보였기 때문이다.

젖병의 뚜껑을 돌리는 손끝이 미묘하게 떨렸다. 뚜껑은 물론 젖병도 들기 힘겨워 두 손을 맞잡고 부드럽게 주물렀다. 방에서는 아이의 울음소리가 들려왔다. 부리나케 젖병을 들고 안방 문을 열었다. 가까스로 아이에게 젖병을 물렸지만 울음소리는 더 커지기만 했다. 이 아이는 대체 왜 우는 것일까. 어떻게 해줘야 할까. 바로 그 순간, 아이의 울음소리를 지우고도 남을 남편의 혼잣말이 들렸다.

"아이씨."

곧장 이불을 머리끝까지 뒤집어쓰며 신경질적으로 돌아누워 버렸다. 나는 열린 안방 문을 닫을 생각도 못하고 남편의 뒷모습을 멍하니 바라볼 뿐이었다. 아니, 정확히는 내 몸이 굳어버린 것 같았다. 그저 온 힘을 다해 숨을 내쉴 수밖에 없었다. 이내 얼음 같은 몸을 겨우 움직여 조심스레 문을 닫았다. 서럽다. 눈물로 범벅이 된 얼굴로 정신없이 아이에게 우유를 먹였다. 그리고 아침이 되었다. 남편이 안방에 들어와 침대 모서리에 앉은 나를 향해 물었다.

"뭐해?"

"응?"

"뭐 하냐고."

"어, 그게, 오빠…, 아무래도 내가 좀 이상한 것 같아."

"뭐?"

"나 아무래도 공황…."

"어?"

"오빠, 나 아무래도 공황장애인가 봐."

남편은 낭황스러운 듯 시선을 피하며 말했다.

"이제 진짜 병원에 가봐."

"어?"

"그렇게 쓸데없이 버티겠다고만 하지 말고."

"…."

"병원 가는 게 처음도 아닌데, 이상할 것도 없잖아."

"…."

남편이 출근한 뒤 한참을 손에 쥐고 바라보던 휴대폰으로 전화번호 하나를 검색했다. '우리가족 신경정신과의원.' 그저 이름만 보았을 뿐인데, 왼쪽 다리가 사정없이 저려왔다. 결국 소파에 주저앉아 다리를 주무르며, 망설임 끝에 통화 버튼을 눌렀다. 생각보다 긴 통화 연결음이 사라지자 귀에 익은 간호사의 인사말이 들렸다.

"네, 우리가족 신경정신과의원입니다. 무엇을 도와드릴까요?"

"저, 예약을 좀 하고 싶은데요."

목소리가 마구 떨렸다.

"아, 언제로 해드릴까요?"

"혹시 오늘 가능할까요?"

"저희가 오늘부터 열흘간은 예약이 다 차 있어서요."

"저…, 어떻게 안 될까요?"

"혹시 초진은 아니시죠?"

"네."

"많이 급하세요?"

"네, 오늘 꼭 좀 선생님을 봬야 할 것 같아요."

"그럼 저희 병원에 오후 2시까지 오셔서 기다려 주실 수 있으세요? 혹시 중간에 틈이 생기면 바로 말씀드릴게요."

"네."

"그럼 환자분 이름과 생년월일이요."

"네, 이름은 김지영이고요, 92년 4월 2일생입니다."

건조한 대기실을 감싸는 잔잔한 클래식 음악, 차분한 목소리의 간호사, 소파를 가득 메운 환자들. 15개월 만에 방문한 병원이었다. 아이와 엄마, 20~30대 청춘들, 그리고 장노년층까지, 이 모든 세대가 어우러져 순서를 기다리는 광경은 예전과 하나 다를 바가 없었다. 하나둘 호명되어 들어가는 예약 환자들을 바라보다 병원 벽 한편에 걸린 시계, 안내 데스크와 조제실을 분주히 오가는 간호사의 표정을 자꾸 번갈아 살폈다.

한 시간 하고도 40분이 흐르자 간호사가 내 이름을 불렀다.

"김지영 님, 이제 진료실로 들어가 보세요."

"네."

진료실 문을 열었다. 교무실에 꾸중을 들으러 온 것도 아닌데 어깨를 펴기가 어려웠다. 이제 갓 마흔이 된 남편보다 나이가 조금 더 많은 듯한 의사가 책상 위로 두툼한 진료 기록지를 넘기고 있었다.

"김지영 님, 오랜만에 오셨네요."

"네."

"그동안 어떻게 지내셨는지 말씀해 보시겠어요?"

"그게…."

손에 땀이 난다. 무슨 말을 먼저 꺼내야 할지. 마치 어릴 적 선생님께 잘못을 고백하는 듯 떨린다. 애써 허벅지에 손을 앞뒤로 문지르지만 내가 왜 이러는지 모르겠다. 의사의 눈도 마주치지 못하고 발끝만 쳐다본다. 내 심장소리가 이 방을 온통 울리는 듯 내 귀를 때린다. 간밤에 경험한 공포감부터 어렵게 입 밖에 내자 나의 근황과 감정들이 주체할 수 없이 쏟아졌다. 그렇게 한참을 떠드는데 의사는 조용히 나를 바라보며 설명을 듣다 한 번씩 고개를 끄덕였다. 그러고는 중간중간 무엇인가 열심히 기록하는 듯 펜을 휘갈겼다.

몇 분이나 지났을까.

따르르릉, 따르르릉, 따르르릉.

의사의 책상에 자리한 전화기가 연이어 세 번 울음을 토했다. 진짜 통화를 하기 위함이 아니라 진료 시간이 거의 끝에 다다랐음을 알리는, 일종의 경고 알람이었다. 손에 꼭 쥐고 있던 휴대폰 화면을 확인하니 약 17분쯤 흘러 있었다. 나가기 전에 한 마디라도 더 하고 싶다.

"선생님, 저, 이거 우울증은 아니죠?"

의사는 진료 기록지에 무언가를 적다가 울부짖음과도 같은 내 질문에 놀라 고개를 들었다. 그제야 의사와 눈이 마주쳤고, 나는 때를 놓치지 않으려 말을 이어갔다.

"선생님, 저 예전처럼 막, 막 그만큼은, 그렇게까지 우울하진 않거든요. 어젯밤에 무섭긴 했지만 그래도, 그래도 우울증은 정말 아닌거 같아요."

표정 없이 진료 기록지와 우울증 검사지를 앞뒤로 넘겨보던 의사가 다시 나와 눈을 맞추며 말했다.

"뭐, 아이 낳으시고 얼마 안 되었으니 시기상 산후우울증이 왔다고 볼 수도 있기는 한데, 오늘은 우울증보다는 오히려 '번아웃'이나 '수면장애'가 문제로 보이네요."

"그럼, 저, 저 또 약을, 약을 먹어야 하는 건가요?"

"네, 그러는 게 맞을 것 같아요. 일단 잠을 거의 못 잔다고 하셨으니까 수면제를 좀 처방해 드릴게요. 일주일치 처방해 드릴 테니 드셔보시고, 그래도 잠을 못 자면 다시 오세요. 약을 다르게 처방해 드릴게요. 아시겠죠?"

"……."

"그럼 다음 주에 뵙겠습니다."

결국 뜨거워진 눈가에서 눈물 한 방울을 훔치고 말았다. 그리고 더는 저항하지 않겠다고 다짐하며 백기를 든 사람처럼 시선을 바닥에 떨군 채 고개만 끄덕이다 진료실을 나왔다.

그날 자정 무렵, 거실에서는 텔레비전 소리와 남편의 웃음소리가 번갈아 들려왔다. 나는 긴 한숨을 내쉬다 말고 살며시 찬장을 열어, 숨겨둔 약 봉투를 꺼내 들었다. 깊고도 긴 한숨이 밀려나왔다. 조금 전까지 잠투정이 심한 아이를 안아 달랬던 탓인지 파들파들 떨리는 손끝으로 봉투 안을 확인했다. 아침, 저녁, 취침 전이라 적힌 개별 약 봉지엔 생각보다 많은 알약이 담겨 있었다.

"갔다 왔나 봐?"

어느새 냉장고에서 맥주를 꺼내든 대현 씨가 맥주잔을 찾아 찬장을 열다 말고 나를 향해 말했다.

"어?"

"병원 다녀온 거냐고."

"응."

"근데 무슨 문제 있어? 왜 그렇게 멍하게 서 있어?"

"약이 좀 많은 것 같아서."

"그래?"

"응."

"지영아, 의사가 전문가인데 어련히 잘 챙겨주지 않겠어?"

"…."

"난 이것만 마시고 잘 거니까 너도 어서 약 먹고 들어가 쉬어."

"응."

나는 물 한 모금과 함께 '저녁'과 '취침 전' 약을 모두 꺼내 한입에 털어 넣었다. 오늘은 제발 깊이 잘 수 있기를 바라며. 그러나 그날 밤도 나는 제대로 잠들지 못했다.

약을 먹어도
시간이 흘러도 낫지 않는 '병'

8개월이 흘렀다. 어떻게 시간이 그리 빨리 지나가는지 가끔은 달력을 보다가, 또 가끔은 출산 후 생긴 새치를 보다가 문득 놀랐다. 게다가 산후 건망증 때문인지 아니면 체력이 회복되지 않아서인지 지난 날의 일들이 기억조차 나지 않았다. 눈도 자꾸만 침침해지는 것이 아이의 얼굴을 바라보다가도 초점을 잃어 하루에도 몇 번씩 눈을 비벼댔다. 부지불식간에 30년 정도 늙어버린 것은 아닐까 싶었다.

하지만 열흘에 한 번 방문한 병원에서 의사에게 받았던 질문들은 기억에 또렷이 남는다. 어떻게 지내냐, 약은 잘 먹고 있냐, 우울감이 어느 정도냐는 등 의사가 매번 토씨 하나 다르지 않은 질문들을 해준 덕분이다. 나 역시 의사의 질문 장단에 맞춰 매번 같은 이야기를 반복하며 예상 가능한 돌림노래를 부르고 있었다.

"자, 약은 잘 챙겨 드셨다고 했는데, 잠은 잘 못 잔다. 혹시 지난주에 또 다른 문제가 있었나요?"

"아뇨, 선생님. 기억에 남을 만한 문제는 딱히 없었어요."

"그렇군요."

"그런데 선생님, 저는 언제쯤 괜찮아지나요? 저, 정말 괜찮아지기는 하나요? 약을 먹고는 있는데…, 너무 졸리고 피곤하고 힘이 없어요. 저 이래서는…."

때때로 목이 메어 목소리도 잘 나오지 않는다. 그래도 정말 물에 빠져 죽기 전에 지푸라기라도 잡는 심정으로, 뭐라도 말을 해야 한다는 생각에서 쥐어짜듯 말을 이어갔다.

"선생님, 저는 정말 나쁜 엄마 같아요."

"왜 그렇게 생각하세요?"

"저는 아이를 돌보는 게 너무 힘이 들어요. 아무래도 제가 잘못하고 있는 것만 같아요."

"어떤 잘못이요?"

"제가 엄마라 아이를 돌봐야 하는데, 약을 먹으니까 자꾸 더 가라앉기만 하는 것 같아요. 저는 이제 어떻게 해야 할까요?"

"약 기운 때문이기는 한데, 시간이 지나면 서서히 좋아질 거예요."

"저희 엄마도 남편도 제가 산후우울증인가 보다 하다가도, 아니 산후우울증이라고 해도 언제까지 그럴 거냐고 한 번씩 물어요. 제가 이 약을 계속 먹는 게 괜찮은 거 맞나요? 다른 방법은 없을까요?"

"김지영 님, 지금 충분히 잘하고 계세요. 지금이 많이 힘든 시기라서 그렇지, 아이가 조금 더 자라면 훨씬 편해지실 거예요. 그때까지 약 잘 드시고…. 그리고 집 안에만 가만히 있으면 더 우울해지니까 꼭 햇볕 받게 외출도 하시고요."

그렇게 열흘에 한 번, 나는 의사와 잘 짜인 연극처럼 일상을 묻고 답하는 시간이 되풀이됐다. 그리고 그 상황은 매번 진료실 전화기가 벨소리를 세 번 토하면서 마무리됐다. 마지막으로 한마디씩 서로 보태며 말이다.

"그럼 다음 주에 다시 뵙도록 하겠습니다."

"네, 감사합니다."

진료가 끝나면 뭔가 아쉽지만 재빨리 나가야 한다. 다음 환자들이 줄줄이 대기하고 있기 때문이다. 진료실을 빠져나와 출입문에 손을 대자, 어딜 그리 도망 가냐는 듯 간호사의 다급한 목소리가 들렸다.

"김지영 님!"

"…."

"김지영 님!"

"네?"

"저, 다음 진료는 언제로 예약해 드릴까요?"

"아…, 다음 주 목요일이요."

"같은 시간으로요?"

"네."

발작하듯 마른 기침이 튀어나왔다. 나는 겨우 기침을 삼키며 간호사가 건네주는 약 봉투를 가방 깊숙이 밀어 넣고서 잰걸음으로 병원을 빠져나왔다. 한참을 기다려야 할 엘리베이터를 포기하고 계단으로 급히 건물을 벗어났다.

순간 무언가가 내 발길을 가로막았다. 하마터면 넘어질 뻔했으나 겨우 몸을 일으켜서 그게 무엇인지 살펴보았다. 병원 앞에 세워진 약 1미터 높이의 홍보 입간판이었다.

'우울증, 불면증, 공황장애, 성격장애, 불안장애, ADHD, 섭식장애, 자폐, 번아웃⋯.'

이 병원에서 '도와줄 수 있다'는, '해결할 수 있다'는 수많은 병명이 나열되어 있었다. 그리고 그 끝에 무엇보다 크고 선명하게 '우리가족 신경정신과의원'이라는 병원명과 예약 전화번호가 적혀 있었다. 순간 터져 나오려는 비명을 간신히 억누르며 집으로 돌아갔다.

며칠 뒤, 오랜만에 손주를 돌봐주러 온 친정 어머니가 아이를 안아 어르다 말고 걱정스레 말했다.

"지영아, 차라리 심리상담을 한번 받아볼래?"

한참을 소파에 누워 있다 휴대폰 알람을 확인하고는 정신과 약들을 막 삼키려던 참이었다. 약 먹는 것을 자주 잊어버리는 탓에 알람을 맞춰두고 복용하라던 간호사의 조언을 따른 것이었다.

"어? 심리상담?"

"응, 나도 솔직히 그게 얼마나 효과가 있을지 의심스럽기도 한데, 그 뭐지? 아, 병원 상담이랑 매한가지 아닐까 싶기도 하고. 근데 세희 엄마가 그러는데, 자기 조카가 너처럼 산후우울증으로 힘들어하다가 심리상담 받고 너무너무 좋아졌다더라. 그래서 좀 자세히 물어보니까 상담가가 하버드 박사 출신이래."

"…."

"뭐, 말로 하는 상담이 그리 효과가 있을까 싶긴 한데, 그래도 그냥 속는 셈치고 한번 받아볼래?"

"…."

"아니 그게, 그 약을 먹고 좋아진다면야 아무 상관이 없겠지만, 몇 년을 먹어 봐도 그게 아니잖아. 박 서방이 널 살갑게 챙기는 것 같지도 않고, 우리가 천년만년 살면서 너랑 손주까지 계속 봐줄 수도 없는 노릇이고."

"…."

"연락 한번 해봐. 엄마가 상담비는 내줄게. 여기 세희 엄마한테 전화번호는 받아뒀어."

   며칠을 내내 고민하다 겨우 전화기를 들었다. 하지만 어째서인지 몇 번이고 통화 버튼을 눌러 연결음만 두어 번 듣다 다급히 전화기를 내려놓고 말았다. 이 정도 전화도 못 해내는 내가 정말 싫었다. 온종일 같은 행동을 반복하며 손톱까지 물어뜯어 결국 피를 보고 말았다. 약 상자에서 밴드 하나를 꺼내 붙이다가 얼핏 거울에 비친 내 모습에 쓰라린 한숨이 쏟아져 나왔다. 이어 코끝이 시큰해지더니 속절없이 눈물이 차올라 흘러내리기 시작했다. 아장아장 걸음마를 떼던 아이가 내 눈물을 보고는 그 어느 때보다 서럽게 울기 시작했다. 엄마를 잃은 것만 같은 아이의 서러운 울음소리에 마치 백일몽에서 깨듯 소스라치게 놀라 아이를 안아 달래며 말했다.

"미안해, 미안해. 엄마가 미안해. 안 그럴게, 안 그럴게. 엄마 이제 안 그럴게."

어느덧 저녁 6시다. 이걸 더 이상 붙잡아 놓을 수는 없다. 오늘 못하면 내일도 못한다. 손끝이 떨리고 땀이 나지만 상담실 번호를 누르고 기다렸다.

준비가 필요하다는
심리상담

지난날 신경정신과를 다니면서 참 많은 검사를 여러 차례 받았다. MMPI, 문장완성검사, 기질·성격검사 그리고 풀 배터리라 불리는 종합심리검사까지. 매번 적게는 수십 가지에서 많게는 수백 가지 문항을 앞에 두고 '내가 어떤 사람인지'를 설명하는 문장을 찾아 체크하고 '나'에 대해 적어보기도 했다. 그럼에도 불구하고 나는 '내가 누구인지, 나의 문제가 무엇인지'는 알 수가 없었다. 한번은 언니에게 이런 이야기를 한 적이 있다.

"언니, 나는 내가 어떤 사람인지 잘 모르나 봐."

나와는 어려서부터 판이하게 다른 언니가 나에게 참으로 별스럽다는 듯이 대꾸했다.

"야, 김지영이 김지영이지 누구긴 누구야?"

"아니, 그냥 이름 말고!"

"그럼 뭐? 성격? 소심하고 예민한 92년생 김지영이 너 김지영이지.

또 무슨 말이 더 필요해?"

"아니, 그거 말고. 진짜 내가 어떤 사람인지를 모르겠다니까."

내 답답함을 알아주지 않는 언니에게 날 선 대답을 해버렸다. 언니는 불현듯 무엇인가 깨달은 사람처럼 나에게 이렇게 말했다.

"아, 그래! 그게 네 문제일 수도 있겠네. 눈치도 없이 네가 어떤 인간인지 모른다는 거."

황상민 박사의 심리상담소에서는 상담에 앞서 두 가지가 필요하다고 했다. 상담받고 싶은 내용의 사연을 적어 내고, MRI처럼 마음을 찍어 보여준다는 WPI 심리검사 '현실'과 '이상' 두 가지를 미리 해달라 요청했다. 그런데 이상하게도 자꾸만 머뭇거렸다. 거실에 잠들어 있는 아이가 깨어 울진 않는지 살피며 괜스레 거실과 작은방을 오갔다. 그뿐만 아니라 책상 앞에 앉아 침침한 두 눈을 비비다가 어디에 두었는지 기억도 안 나는데 안경을 찾겠다며 온 집을 헤집었다. 마침내 안경을 찾고 이번에는 주방에서 평소 마시지도 않던 갖가지 티백을 꺼내 차를 우리기 시작했다. 그러다 결혼 선물로 받았던 찻잔이 어디에 있나 또 한참 찬장을 열고 닫으며 보물찾기를 하는 사람처럼 행동했다.

그렇게 한동안을 딴짓으로 떠돌다가 겨우 다시 작은방 컴퓨터 앞에 앉았다. 내가 현재 어떤 사람인지 파악하게 해준다는 현실 검사와 내가 어떤 사람으로 살고 싶은지 그 이상理想을 확인시켜 준다는 검사를 시작했다. 다행히 딱 두 페이지, 서른 가지 항목 중에 나를 표현할 문장을 고르는 것으로 심리검사를 마칠 수 있었다.

곧이어 검사 결과라며 특이한 그래프 하나와 '로맨티스트-매뉴얼'이라는 단어가 눈에 들어왔다. 그것이 현재 내 마음, 심리 상태라고 했다. 빨간색과 파란색으로 그어진 요상한 그래프에 한참이나 눈길이 갔다.

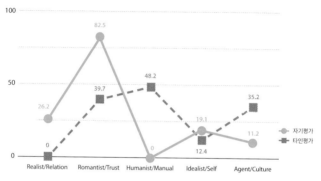

▲ 김지영 님의 WPI 현실 프로파일: 로맨티스트-매뉴얼

··· 로맨티스트-매뉴얼

로맨티스트는 민감하고 풍부한 감수성의 사춘기 소녀 같은 마음을 가졌습니다. 또한 무어라 표현하기 힘든 불안한 감성을 마음에 간직하고 있습니다. 마치 유리잔과 같이 상처받기 쉬운 마음입니다. 그래서 이런 마음을 자신이 표현했을 때 타인

이 그것을 이해하고 공감해 주길 바라고, 타인에게 무심코 들은 말에 상처도 쉽게 받습니다. 또한 세상과 사람들에게 많은 환상과 기대를 갖는 만큼 걱정과 두려움도 많습니다.

이런 두려움은 세상에 대해 경험이 부족하거나 미숙하다는 느낌을 주기도 하지만, 순수하고 여린 매력으로 어필되기도 합니다. 로맨티스트의 뛰어난 감수성은 예술 작품으로 표현되기도 하고, 일상의 패션 센스로 드러나기도 합니다. 한편 불안한 마음의 안정을 찾는 방법 중 하나로 부의 축적을 중요시하는 면도 있습니다.

그리고 내가 이상적으로 생각하는 나 자신의 모습으로 나온 '휴머니스트-매뉴얼'이 어떤 존재인지 그 설명에 대해서도 차분히 읽어보았다.

··· 휴머니스트-매뉴얼

휴머니스트는 사람들과 함께하는 것을 좋아하고, 같이 있는 사람들에게서 에너지를 얻습니다. 다른 사람에 대해서 관심이 많고, 외향적이며 친화적인 성격입니다. 낯선 상황이나 사람을 만나도 부담을 갖지 않기 때문에 처음 만난 사람과도 금세 친해집니다. 휴머니스트는 기분 나쁜 사건이나 감정 등을 오래 기억하지 않고 웬만하면 금방 잊어버릴 만큼 긍정적인 마음의 소유자입니다. 사람들이 모였을 때 특유의 유쾌함과 유머 감각으로 분위기를 띄우거나 활력을 불어넣습니다. 또한 기분이 나쁘더라도 있는 그대로 표출하지 않습니다. 그러다 보니 사람 좋다는 이야기를 많이 듣습니다. 또한 자신과 친한 사람들을 잘 챙기고, '의리'를 중요하게 생각합니다. '의리가 없는 인간은 인간도 아니다'라는 마음입니다. 이처럼 휴머니스트는 많은 사람을 알고 좋은 관계를 맺으면서 인적 네트워크를 형성하고 활용하는 데 재능이 있는 사람들입니다.

▲ 김지영 님의 WPI 이상 프로파일: 휴머니스트-매뉴얼

전부 이해가 되지는 않지만 그 설명들 사이로 현재의 나와 이상적인 나를 내 스스로 다르게 그리고 있다는 사실을 어렴풋이 느낄 수 있었다. 몇 번이고 설명 글을 반복해 읽어보았다.

"뭘 보는 거야?"

아까부터 작은방에 들어와 책장을 확인하던 대현 씨가 다가와 말을 걸었다. 나는 잠시 머뭇거리다 눈에 들어오는 세 개의 구절을 가리키며 말했다.

"여기, 사춘기 소녀 같은 마음, 무어라 표현하기 힘든 불안한 감성, 유리잔 같고, 상처받기 쉬운 마음."

의아한 표정을 짓는 남편에게 나는 덧붙였다.

"내가 이런 마음을 가진 사람이래."

"아…, 그래?"

"오빠도 해볼래?"

"아니, 난 괜찮아."

대현 씨는 아주 살짝 미소를 지어 보였다. 그러고는 바닥에 쌓아둔 책들을 챙겨 방을 나갔다. 문이 닫히는 소리. 그 순간 저절로 시계에 눈이 갔다. 본능적으로 아이가 깨어날 시간이 얼마나 남았는지 계산했다. 다행히 한 시간의 여유가 있었다. 모니터 위로 상담 사연이라는 네 글자를 덩그러니 써보았다. 이어 무슨 말을 더해야 할지 몰라 하얀 화면을 뚫어져라 바라보았다. 손목이 저려왔다. 책상 서랍을 열어 손목 보호대를 찾다가 책상 한편에 놓아둔 아이의 백일 사진에 눈길이 갔다. 나와 쏙 빼닮은 아이의 얼굴. 한참을 보며

양 손목을 번갈아 주물렀다. 그리고 마침내 자판 위로 손을 올리고 타자를 치기 시작했다. 모니터에서 속엣말들이 이어지다 사라지기를 몇 번이고 반복했다.

있습니다.

그런데 박사님, 저는 이 약이 정말 먹기 싫습니다. 의사는 천천히 줄여 가자 하고 저도 줄이며 먹고 있지만, 의사 말대로 계산해 보면 앞으로 2년 정도 약을 더 먹어야 할 것 같습니다. 저는 한 번에 약을 끊고 싶고 부작용도 없었으면 합니다. 그래서 이와 관련해 박사님께 도움을 얻고자 센터에 연락하게 되었습니다. 병원에 가지 않고 약을 한 번에 끊어버리면 부작용이 있는 걸까요? 약을 조금 더 빨리 끊기 위해 어떻게 약을 줄여야 할지 박사님의 도움을 꼭 얻고 싶습니다. 약이 아닌 것으로 극복하고 싶습니다. 곧 애가 클 테고, 아이를 키우다 보면 주변 엄마들이 저희 집에 방문할 텐데, 남에게 약 먹는 모습을 보여주는 것이 전 싫습니다. 약을 먹지 않고 사는 방법은 무엇일까요?

또 다른 고민은 남편이 회사 일로 늦을 때마다 괜히 친구를 찾는 제가 한심스럽다는 것입니다. 일상의 스트레스를 먹는 것으로 푸는 경향이 있는데 이것도 걱정입니다. 그리고 결혼 후의 인간관계에서 친구를 정의하기가 어렵다고 느낄 때가 많습니다. 제가 가까워지고 싶은 친구들은 도무지 저에게 먼저 연락을 잘 하지 않아서 맨날 제가 먼저 하게 되는데, 자존심이 좀 상합니다. 다들 결혼해 제 가정이 있어서인지, 저는 애가 있고 그 친구는 애가 없어서 더 뜸해지는 건지 모르겠습니다. 그런 제 속도 모르고 남편은 아이가 좀 크면 데리고 다니면서 자기 친구의 자식들과 친하게 지내도록 해주면 되겠다고 하는데, 그럴 때마다 샘이 납니다.

이틀에 걸쳐 상담 사연을 완성해 이메일로 보냈다. 그런 뒤에도 밤낮으로 사연을 곱씹어보다 못다 한 이야기를 두 차례 덧붙여 보냈다. 한 번에 다 떠오르면 좋았을 텐데, 센터의 선생님들을 고생시키는 것은 아닌가 염려스러웠다. 그래서 '시난번 메일에 써서 보냈어야 하는데 잊고 있다 다시 보낸다'며 '죄송하다'는 말을 몇 번이고 강조했다.

상담 사연 2

제가 왠지 정신과 약에 의존하는 것 같습니다. 아기 낳고 산후조리원에 있는 것이 힘들다고, 다리가 저리다고 다시 병원을 찾아가는 것을 보면 말이에요. 앞으로도 계속 정신과에 의존할까 봐 너무 두렵습니다.

또 지금은 한 살인 제 아이가 커서 금방 사춘기가 되고 어른이 될 텐데, 그때 애가 자기 살길을 찾겠다고 떨어져 나가고 싶어 하면 저는 무얼 하고 살아야 할지, 어떻게 저의 진로를 찾아야 할지 모르겠습니다. 제가 진정 좋아하는 일이 무엇인지, 제 삶의 소명이 무엇인지 알고 싶습니다. 제 목표는 마흔에 내 집 마련하기입니다. 그걸 이루고 나서는 또 무엇을 좋아하며 살아야 할지 모르겠습니다. 저는 아기를 세상 속에서 잘 키우고 싶고, 어디 가서 남들에게 꿇리지 않으면서 제가 좋아하는 사람들과 잘 지내고 싶습니다.

저는 학교에 다니며 영어 배우는 것을 좋아합니다. 좋은 친구 사귀는 것도, 영어도 재미있었지만 가정주부로서 영어 공부를 계속하며 자격증을 따는 것이 어렵고 제 건강을 돌보기도 어려웠어요. 힘들더라고요. 이런 상황이라서 제가 원하는 대로 살아도 될지 잘 모르겠습니다.

그리고 애가 없을 때보다 남편이 집에서도 밝아졌고 저도 사랑해 주는 것 같아서 지금이 좋은데, 남편이 늦게 들어오면 마음이 안정되지 않아서 고민입니다. 제 고민 좀 해결해 주세요.

임신하고 친정에서 지낼 때, 엄마는 아기를 못 돌봐주겠다 하시고, 남편은 애 키우는 걸 엄청 두려워하고, 저도 두려웠습니다. 아기를 낳고서는 산후조리원에서 가슴이 미친 듯이 두근거리고 너무 힘들어서 병원에 갔습니다. 바로 이 이유 때문에 제가 정신과를 다시 찾게 됐어요. 항상 주변 사람들이 저 때문에 힘들어하고, 저도 뭐가 뭔지 모르는 일로 불안할 때 어떻게 해야 될지 정말 모르겠습니다.

"스스로를 구원할 필요도 없이
자기 자신을 있는 그대로 받아들인다면,
문제에서 벗어날 수 있는 길이
눈에 들어오기 시작한다."

2

상담실에서 만난, 소설의 주인공

아이가 치료한
엄마의 정신병

이른 새벽부터 눈이 떠졌다. 병원에서 처방받은 수면제를 먹은 뒤로 쉽게 일어나지 못했던 지난 몇 달과는 사뭇 다르게 하루가 시작됐다. 그리고 마치 오늘이 결전의 날인 양 시계를 자꾸만 노려보았다. 더구나 이유를 꼬집어 말하기 어려운 불안감에 괜히 식탁 의자와 거실 소파를 오가며 앉았다 일어서기를 반복했다. 그러면서도 속으로는 여느 날과 완전히 다른 하루가 되리라 주문 같은 기도를 되뇌었다. 그래서 아침부터 짜증이 많던 지원이를 잘 달래 우유도 먹이고, 그간 하지 못했던 대현 씨의 출근길도 배웅해 보았다. 그러나 이른 시간부터 무리한 탓인지 맥이 빠져서, 오늘 하루는 눕지 말고 견뎌보자는 결심을 뒤로 하고 결국 거실 바닥에 아이와 함께 누워 다시 잠이 들었다.

'똑똑똑'

아이가 깨어났나 싶었다. 하지만 아이는 더없이 평온한 얼굴로 잠들어 있었다. 다시 한 번 조심스레 '똑똑똑' 노크하는 소리가 들렸다. 누군가가 '초인종 금지'라는 메모를 발견하고 현관문을 가볍게 두드리는 것이었다. 친정 어머니였다. 아침에 먹은 약 기운 때문인지 갈지자로 애써 발을 떼고, 어머니와 함께 거실로 돌아와 앉았다.

잠시 후, 지원이가 순식간에 이유식을 해치우고 우유까지 연이어 마시자 어머니가 말했다.

"우리 지원이는 참 잘도 먹는 게 누굴 닮았는지, 먹성 하나는 끝내주네."

누구를 닮은 것일까. 대현 씨는 지원이가 나의 큰 눈을 닮아 참 다행이라 했었다.

"엄마, 나도 이만할 때 잘 먹었어?"

"그게 언제 적인데. 내 나이에 그런 게 기억이 나겠니?"

"그래? 안 나는구나."

"네 언니는 잘 먹었던 걸로 기억하는데, 넌 아기 때는 몰라도 크는 내내 반찬 투정이 심했잖아."

"맞아. 반찬 투정하다가 꿀밤도 맞고, 밥그릇도 뺏겼던 것 같아. 우리 지원이도 나중에 그럴까?"

"좋은 것만 닮을 텐데 뭘 그런 걱정을 사서 해. 봐라. 저 우유 먹는 것만 해도 얼마나 야무져."

양손으로 우유병을 진 채 마지막 방울 하나까지 쪽 빨아들인 지원이가 손을 놓았다. 혹여나 아이가 밟고 넘어질까 나는 서둘러 병을 치우며 말했다.

"처음 모유 먹을 때는 그렇게 힘들어하더니, 적응되고 나니까 이젠 밥때만 되면 구슬땀까지 흘리면서 참 열심히 우유를 먹어. 그러고 보니까 정말 사람들이 젖 먹던 힘을 다한다고 말하는 게 뭔지 알겠더라고. 그게 참 신기하기도 하고, 조금은 무섭기도 해."

"너는 어디 애를 두고 무섭다느니 하는 소리를 해."

"…."

"저 조그만 것도 자기 살길을 아는 거지. 얼마나 기특해. 잠 잘 자고, 밥도 잘 먹고."

"그런데 엄마, 나는 왜 이렇게 부족하기만 할까?"

"지영아!"

"응?"

"처음부터 누가 다 잘한다고 그래."

오후 1시, 엄마와 가볍게 점심을 해결했다. 그리고 오후 2시가 되자 휴대폰이 진동하며 제 존재를 알렸다. 표시된 전화번호를 얼른 살펴보니 황상민 박사의 상담소였다. 어머니와 앉아 장난감을 갖고 노는 아이의 즐거운 표정을 슬쩍 살피고선 종종 걸음으로 서둘러 작은 방으로 가 문을 닫았다. 그리고 황상민 박사에게 떨리는 목소리로, 생전 처음으로 까마득히 깊고도 해묵은 이야기를 하나씩 꺼내기 시작했다.

황: 사연 잘 받았습니다. 가장 첫 번째 고민이 정신과 약을 먹고 있는 것이라고 하셨는데, 그 약을 먹게 됐을 때 상황이 어땠는지 한번 이야기해 주시면 어떨까요? 스무 살에 처음 먹었으면 거의 12년이 지났는데 지금도 약을 드시는 거잖아요.

지영: 네.

황: 사실 지영 씨는 약을 먹고 지낼 이유가 없는데, 10년이 넘도록 약을 먹고 중독이 된 상태로 지내신 상황이거든요. 결혼 후에는 스트레스가 별로 없는 것 같아서 약을 줄이기 시작했고, 서른 살에 임신을 하게 되면서 약을 끊었다고 하셨어요.

지영: 네.

황: 그럼 결혼은 몇 살에 하셨어요?

지영: 스물여덟에 했어요.

황: 그러면 그때 스물여덟부터 줄여서 약을 끊었을 때, 그때 드시던 약 이름이 뭔지 혹시 아세요?

지영: 스물여덟 살에 끊은 건 아니고, 임신하기 4개월 전에, 서른에

끊었어요.

황: 아, 그래요? 그러면 임신했을 시점에는 약을 드시지 않았군요.

지영: 네, 그때 한 1년 동안은 안 먹었어요.

황: 그러면 약을 끊었을 그 무렵에 먹었던 항우울제가 어떤 약인지 혹시 이름은 기억하세요?

지영: 네, '웰부트린'과 '아빌리파이'라는 약이에요.

황: 오 마이 갓. 그러셨어요? 그러면 그 약들을 1년간 끊고, 아이를 낳고 나서 산후우울증으로 처방받은 약은 뭔가요?

지영: '데파스', '웰부트린', '아빌리파이', '졸피뎀' 이렇게 네 가지 약이에요.

황: 그렇군요. 그리고 산후조리원에서 처음 두 달 정도 있을 때 힘들었다고 하셨는데 그때 구체적으로 어떤 경험을 하셨는지 이야기해주실래요?

지영: 네, 조리원에 갔는데 거기는 사람들이 서로 많이 얘기하는 분

위기였어요. 남편도 같은 방에서 지내고, 아기는 울고 하는데 좀 정신이 없더라고요. 그래서 산후조리원을 한 번 옮겼어요. 그렇게 옮겨 봤는데도 똑같이 힘들더라고요. 그때 밖에는 코로나 바이러스 때문에 상황이 심각해서 아기를 어떻게 키워야 되나 걱정이 많이 됐어요. 그런데 엄마는 안 봐주시겠다 하고, 걱정이 돼서 아버지께 전화를 드리니 아버지는 '그러지 말고 병원에나 가라'고 하셔서 마음이 힘들었어요.

황: 그렇죠. 힘들었다는 것을 구체적으로 표현하자면 아이를 내가 봐야 되는데 산후조리원에서 애 보는 게 부담이 컸고, 이 힘든 상황에 엄마가 오셔서 나를 조금 더 지지해 주거나 아이를 돌봐주시면 안 되나 싶었는데 못하겠다고 하셨던 것이었죠. 아빠께 힘들다고 말씀드려 봐도 "힘들면 병원 가면 되잖아." 이렇게 말씀하셨다는 거죠?

지영: (울먹이며) 네, 네.

황: 진짜 힘드셨겠어요. 남편은 그때 어떻게 반응하시던가요?

지영: 남편한테는 부모님이 이렇다 저렇다 얘기하기가 조금 그래서요….

대부분의 산모들은 산후조리원에서 적극적으로 정보도 나누고 친구도 만들었다. 하지만 나는 산후조리원의 그런 분위기가 오히려 부담스럽고 버거웠다. 그래서였을까. 아이가 신기하고 예쁜 것은 아주 잠시였고, 이내 정신이 아득해지는 것 같았다. 이상했다. 분명 그 무엇도 잘못된 것이 없었지만, 내가 이 아이를 잘 키울 수 없을 것 같다는 생각, 고약한 불안감이 자꾸만 비집고 들어와 괴로웠다. 그렇다고 부모님께 도움을 받기도 어려웠고, 남편에게도 속을 털어놓기 힘들었다. 그렇게 나는 누구나 어떻게든 해낸다는 출산과 육아를 혼자만 잘하지 못하는, 부족한 엄마가 되어 갔다.

결국 내 마음의 고통에 대해 이야기 나눌 곳을 찾지 못했고, 나는 다시 신경정신과를 찾았다.

황: 그래서 병원을 가게 되었군요. 병원에서 뭐라고 이야기했나요?

지영: 제가 병원을 4월 중순에 갔어요. 그때 마음이 굉장히 끓어오르는 것 같아서 갔거든요. 다리도 저렸고.

황: 마음이 끓어오른다는 것은 어떤 상태인지 조금 더 자세히 이야기해 주실 수 있나요?

지영: 가만히 있는데도 심장이 막 두근거리는 것 같고….

황: 쿵쿵쿵쿵 하는 느낌이었나요?

지영: 네, 쿵쿵쿵쿵 하고 막 뭔가 마음에서 엄청 부글부글하며 용암이 끓는 것 같았어요.

황: 맞아요, 맞아요. 화산의 용암이 끓을 때 그냥 확 하고 토하는 것 같은 느낌이었나요? 아니면 머리가 지끈지끈 아프고 빙빙 도는 것 같은 느낌이었나요?

지영: 부글부글 확, 가만히 있는데도 계속 부글부글 끓어오르는 느낌이 매일매일 들었어요.

황: 그렇죠. 그런데 위장에서 꾸륵꾸륵 하는 느낌은 없고, 그냥 마음만 부글부글 끓어오르는데 어떻게 해야 될지는 몰랐다는 것이죠? 가슴이 답답하게 느껴진 상황은 없었나요? 다른 신체 증상과 함께 나타나지는 않았고요?

지영: 답답하기도 해서 자꾸 가슴을 치기도 했어요.

황: 그럴 때 본인을 지지할 수 있도록 남편에게 본인의 상태를 설명하지는 않으셨어요?

지영: 그럴 생각조차 못했어요.

황: 내가 지금 이런 마음 상태라는 것을 남편에게 표현도 하지 않으셨고요?

지영: 네, 제가 약을 지금까지 계속 먹었기 때문에 좀 자존감이 떨어진다는 생각이 있었거든요.

황: 그렇죠. 남편에게 그런 것을 이야기하면 본인이 진짜 문제 있는 사람이 될 것 같은 두려움이 있으니까요. 그럼 남편에게 약을 먹었다는 이야기도 안 하셨나요?

지영: 아니요, 남편에게는 이야기했어요. 다시 약을 먹기 시작한 지 9개월쯤 됐는데, 지금 제가 약을 끊는다고 하면 남편이 그렇게 지지해 줄 것 같지는 않아요.

황: 왜 본인이 약을 끊으면 남편이 지지해 주지 않을 것 같다는 생각이 드세요?

지영: 남편이 주변에 물어봤는데, 부인이 평생 약 먹고 살면 된다고 했대요. 약에 대해서 남편은 그렇게까지 심각하게 느끼지 않는 것 같아요.

황: 그렇죠. 일단 본인이 먹는 것도 아니고, 뭔지 모르겠지만 약을 먹

으면 모든 문제가 없어지고 병이 치료될 것 같은 생각이 들 테니까요. 남편은 지금 아내 분의 고통이나 아픔을 '병'이라 알고 있고, 약은 그냥 항우울제 또는 산후우울증에 좋다는 정도로 알고 있다는 이야기잖아요. 그런데 지영 씨는 이제 아이를 출산하고 6개월도 지나서 산후는 이미 끝났고 산후조리원에서도 나왔는데, 아직도 산후우울증이라면서 약을 먹는 게 이상하지 않나 하는 생각을 남편이 못하시는 거죠?

지영: 네, 못하는 것 같아요.

황: 그런 남편에 대해 본인은 어떻게 생각하세요? 내가 느끼는 감정이나 내가 겪는 아픔을 남편이 충분히 이해해 주고 공감해 주는 것 같나요? 아니면 이건 나 혼자서 해결해야 된다는 생각이 드세요?

지영: 저 혼자서 해결을 해야 된다는 생각이 들어요.

분명 사랑하는 남자와 결혼했고, 아이를 가져 출산을 했다. 그렇게 남편과 함께한 시간이 5년이 다 되어 갔다. 그러나 시간이 흐를수록 남편에게 나의 아픔을 말하는 것이 점점 더 어렵고 자존심이 상하는 기분이 들었다. 행여 내가 문제가 있는 사람이라고 생각하지 않을까 걱정되었다. 더는 남편에게 말하지 않고 이 들끓는 마음을 혼자서 참아 내야겠다 생각했다.

그러다 그 고통을 홀로 감당하기가 어려워졌다. 답답하다 못해 터져버릴 것만 같았다. 끝내 화산의 뜨거운 용암이 정점에 달해 터지던 그날, 지진과도 같은 공황장애를 경험했다. 숨막히는 공포, 귓가를 때리는 심장박동, 요동치는 손끝을 어찌해야 할지 누구에게 구조를 요청해야 할지 몰라 마침내 제 발로 병원을 찾았다. 어떻게 해서라도 이 상황을 해결하고 싶었기 때문이었다.

황: 그러면 속이 울렁거리고, 화산이 폭발하거나 용암이 끓듯 부글거리는 것이 너무 힘들어서 병원을 갔더니 의사는 산후우울증이라 진단하고, 아빌리파이와 웰부트린, 졸피뎀 등의 약을 처방해 줘서 지금까지 복용하고 있다는 말씀이죠?

지영: 네.

황: 아빌리파이라는 약을 정신과 의사들이 온갖 병에 거의 만능 약처럼 쓰고 있다는 것도 아시죠? 이 약이 조현병에 가장 많이 쓰여요. 그 말은, 정신과 의사들은 지금 환자들이 보이는 증상이 어떤 마음의 문제와 관련되어 있는지 알지 못한 채로, 그냥 그때그때 사건에 따라서 환자가 '괴롭다, 힘들다' 하면 우리 몸과 마음 전체를 거의 마취시키듯이 억제하는 약물을 무조건 처방하고 있다는 뜻이거든요.

지영: 네.

황: 그런데 사실 상당히 예민하고, 감성적이고, 섬세하고, 착하면서 어른들이나 주위 사람들에게 잘하는 사람으로 보여야 된다는 걱정이 있는 사람의 경우에는, 상황이 조금만 바뀌거나 낯선 일을 하게 될 때 자신에게 일어나는 감성적인 문제 같은 것들이 여러 가지 신체적인 증상으로 나타나요. 이건 본인도 이제 충분히 잘 아시죠?

지영: 네, 알고 있어요.

황: 약을 먹는 것은 실제로 문제를 해결하는 데에 별 도움이 안 되지만, 일시적으로 안심시키는 효과는 있어요. 엄마나 아빠도 나에게 직접적으로 도움을 주지 못하고, 남편도 차라리 약에 의존하는 게 좋다고 믿을 때는 '나도 약에 의존해야 되는 거 아닌가?' 싶은 생각이 들 수 있어요. 게다가 무려 10년 넘게 약을 먹어왔으니까 약만 먹으면 내 문제가 해결될 거라 생각하는 것은 너무 자연스러운 일이에요. 그런데도 이 약을 더 이상 먹기 싫다는 생각이 이제 드셨다는 거죠?

지영: 네.

황: 왜 먹기 싫다는 생각을 갖게 되셨을까요? 신체적으로 너무 괴로운 증세가 나타나는 것 때문일까요? 아니면 약을 먹는 것이 아이에게 나쁜 영향을 미치지 않을까 하는 두려움 때문일까요? 아니면 약을 언제까지 먹어야 되는지 좌절감이나 불안감이 들었기 때문일까요? 그

것도 아니면 이 모든 이유 때문일까요?

지영: 좌절감이나 불안감 때문이기도 하지만 늘어지는 것도 있고요.

황: 그럼 일단 약을 먹기 전과 약을 먹고 난 후에 본인의 일반적인 신체 상태나 일상에서의 느낌을 한번 이야기해 보실 수 있을까요?

지영: 약을 1년간 안 먹었을 때, 임신했을 무렵에는 졸려서 자꾸 잠을 자고 싶었어요. 그런데 그때 제가 주변 사람들을 힘들게 했다고 가족들은 그러더라고요.

황: 가족들이 얘기하는, 주변 사람들을 힘들게 했다는 게 구체적으로 어떤 행동들을 지적하는지 혹시 아세요?

지영: 구체적인 것은 잘 기억이 안 나지만, 친정에서 지냈는데 대화가 안된다고 하시더라고요.

황: 대화가 안된다. 사실 보통 때, 그러니까 결혼하기 전에도 엄마나 주위 사람들하고 대화가 잘되는 사람은 아니셨잖아요. 신경질을 내거나 짜증을 부리는 것이 조금 심하고요.

지영: 네, 맞아요.

황: 아주 평범하게 생활하며 사람들과 잘 지내는 분이어도 임신 때는 거의 비정상적으로 보일 만큼 감정의 발작적 기복이나 변화가 상당히 많이 일어나요. 임신하면 생겨나는 호르몬의 문제든 임신한 사람의 심리적 불안정 때문이든 대화가 안되거나 짜증이 더 심해지거나 막무가내로 행동하거나 하는 것은 너무나 당연한 현상이에요.

지영: 부모님께서는 그걸 잘 모르셨던 것 같아요.

황: 그렇죠. 그렇게 지적하셨던 분은 어머님이세요, 아버님이세요? 아니면 두 분 다일까요?

지영: 두 분 다 그러셨어요.

황: 그러면 학생 때 모습이나 행동에 대해서도 부모님이 웬만큼은 받아주셨겠지만 그래도 상당히 규범적이고 엄하게, 약간은 억압하듯이 가르치는 분위기의 가정은 아니었을까 싶은데, 어떠셨어요?

지영: 네, 그렇게 느꼈어요.

황: 그런 상황이었고, 특히 임신했을 때 어머님 입장에서는 결혼하고 나가 살던 애가 임신과 출산 때문에 친정에 와 있는 동안에 예전의 모습이 나타날 뿐 아니라 그게 더 심하게 나타나니까 '쟤가 이상하구

나'라고 생각하셨다는 거군요. 그런 상황을 거쳐서 산후조리원에 가 있는 동안에 가족들은 '얘가 힘들면 약을 먹는 게 당연하다'고 또 이 야기했을 테고요.

지영: 네, 그때 엄마도 힘들다고 정신과에 가시고, 아빠는 제가 그렇 게 힘들어할 거면 약을 먹으면 되지 않냐고 말씀하셨어요.

엄격한 부모님에게 내 이야기를 터놓기 어려웠다. 누군가에게는 별것 아닌 작은 말에도 나는 극도의 신경질과 불안을 표현했다. 가 족들은 나를 이해하거나 돕기 어려웠고, 나는 한없이 힘들었다. 그 래서 그 상황을 해결하기 위해서라도 정신과에 가는 것이 나쁘지 않 은 방법 같았다. 약의 도움을 받는 것 역시 충분히 괜찮은 일이라고 믿었다. 하지만 약을 먹는다고 해서 내 힘든 마음이 사라지는 것은 아니었다.

황: 그래서 약을 다시 먹기 시작한 지 몇 개월이나 되었나요?

지영: 9개월이요. 아기 낳고 4월 중순부터 먹었거든요.

황: 산후조리원을 나온 후에 약을 먹기 시작했다는 이야기네요. 그럼 조리원을 나와서는 친정에 있었나요, 아니면 남편과 둘이 지냈나요?

지영: 친정에서 나와서 남편하고 둘이 다시 살게 됐어요. 그때는 아빌리파이 2밀리그램을 매일 먹었고, 웰부트린 150밀리그램, 데파스 0.25밀리그램, 졸피뎀 10밀리그램, 이 네 가지를 매일 먹었어요.

황: 그 약들을 먹기 전과 후를 비교하면, 본인의 신체 상태나 심리 상태는 어땠을까요?

지영: 마음은 죽고 싶었어요. 너무너무 괴로워서 죽고 싶다. 사는 게 괴로웠어요.

황: 사는 게 괴롭다고 하면 밥 먹는 게 괴로울 수도 있고, 그냥 가만히 있어도 온몸이 조여 오는 것 같아서 괴로울 수도 있고, 내가 뭘 어떻게 해야 할지 몰라서 무기력감을 느꼈을 수도 있잖아요.

지영: 가만히 있어도 뭘 어떻게 해야 할지 몰라서 우왕좌왕하고 무기력했어요. 그래서 주로 누워 있었고요. 완전히 기진맥진한 상태로요.

황: 그와 동시에 본인은 '내가 아이를 돌봐야 되는데, 애는 어쩌지?' 이런 생각이 있었어요? 아니면 아예 애 생각도 안 났어요?

지영: 아이 생각이 너무 컸어요. 애를 어떻게 해야 되나, 내가 죽으면 애는 누가 돌보나 하고…. 그래서 애를 떠올리면 내가 못 죽겠다고

생각했어요.

황: 그렇죠! 그러니까 본인이 죽고 싶다는 마음은 내가 괴롭다는 걸, 내가 무기력하다는 걸 표현하는 것이지 진짜 죽겠다는 이야기는 아닌 거잖아요. 그렇죠?

지영: (한숨을 쉬며) 네.

출산 후 집으로 돌아온 나는 아무 일 없이 가만히 있을 때에도 안절부절 어쩔 줄을 몰랐다. 그래서 문자 그대로 우왕좌왕하며 무기력감과 괴로움 사이를 왔다 갔다 할 뿐이었다. 그러다 하루에도 몇 번이고 죽고 싶다는 생각이 들기까지 했다. 하지만 그건 정말 죽을듯이 내 마음이 괴롭다는 뜻일 뿐, 실제로 아이를 남겨두고 나쁜 선택을 하겠다는 것은 아니었다. 아이를 생각하면 도저히 죽을 수 없다고 속으로 수백 번도 넘게 되뇌었다.

황: 그런데 본인이 주변 사람들에게는 괴로워 죽고 싶다는 표현을 하셨어요, 안 하셨어요?

지영: 주변에 말하지는 않고 힘들어했어요. 너무 힘들어서 산후 도우미를 쓰자고 제가 얘기해서 쓰게 됐고, 저는 병원에 가게 됐어요. 그리고 제가 임신했을 때 남편과 엄마를 너무 괴롭혀서 엄청 힘들었다

는 얘기도 들었어요. 저는 임신으로 인해서 좀 정신이 없었는데….

황: 본인은 그것에 대해서 한편으로는 죄책감을 느꼈겠네요. '출산 후에는 집에서 꼼짝 못 하고 애를 돌보거나 집안일을 해야 할 것 같은데…' 하면서요. 사실 그마저도 어려운 상황이었으니 산후 도우미를 쓰는 건 자연스러운 일이잖아요. 그런데 처음에는 산후 도우미 없이 본인이 아이 돌볼 생각을 했나요? 산후조리원에서 두 달 있다가 집에 와서 아이를 혼자 돌보는 것이 본인이 잘할 수 있는 일이라고 생각했어요?

지영: 잘할 수 있다는 생각은 못했어요. 그냥 해야 된다고만 생각했어요.

황: 그러면 지금까지 지내오면서, 고등학교를 졸업하고 대학 생활을 하고 또 대학을 졸업해 사회생활을 하는 식으로 본인의 삶에 변화가 있을 때마다 '내가 이것을 하는 게 너무나 당연하고 나는 이것을 잘할 수 있다'는 마음으로 지내셨나요? 아니면 매번 '하는 것 자체가 너무나 힘들다, 내가 이걸 어떻게 해야 하나' 하는 마음으로 지낸 것 같으세요?

지영: 너무 힘들었어요.

황: 그런데 엄마, 아빠는 '남들도 다 하는데 너는 왜 그렇게 못하냐, 아무래도 이상하다, 왜 그렇게 못났냐' 이런 마음으로 보시는 것 같아서 마음이 더 많이 아팠겠네요.

지영: 네, 부모님이 그렇게 생각하시는 걸 어느 정도 알고는 있었는데, 그걸 인정하고 싶지는 않았던 것 같아요. 그러면 제 마음이 훨씬 더 아플까 봐….

'왜 너는 모자라냐, 그것밖에 못하냐'라는 부모님의 시선이 분명히 느껴졌다. 그럼에도 나는 애써 외면했다. 인정하는 순간 내가 부모를 나쁜 사람으로 민드는 것 같았고, 나 자신이 모자란 사람임을 받아들여야 할 것 같았기 때문이다. 늘 가족과 함께였지만 이상하게 나는 점점 더 외롭고 힘들어졌다.

황: 그럼 고등학교를 졸업하고 대학에 갔을 때의 이야기를 해줄 수 있으세요?

지영: 고3 때는 공부를 그렇게 열심히 하지 않았고 승무원이 되고 싶었어요. 아빠가 항공운항과에 가라고 하셔서 재수를 하고 갔는데, 승무원이라는 일이 하고 싶지 않아졌어요. 그때 학교 생활이 힘들어졌죠. 승무원이 하기 싫어지면서 승무원을 목표로 하는 친구들과의 관계도 어려워지더라고요. 그러다가 아빠가 편입을 알려주셔서 편입을

했고, 서울에서 대학을 나왔어요.

황: 잘하셨어요. 그렇게 서울에 있는 대학에 편입해서 졸업까지 잘 하셨네요. 그러면 대학 다니는 동안에는 '졸업하고 나서 내가 어떤 사람으로 살아야지' 하는 생각은 하셨나요? 아니면 '대학 생활은 웬 만큼 하는데 졸업만 생각하면 진짜 어떻게 살지 좀 막막하다'고 느끼면서, 그래도 매일 착실하게 집과 학교를 오가는 생활을 했나요? 아니면 내가 도저히 이렇게는 못 살겠다고 생각해서 바깥으로 뛰쳐나가 매일 친구들과 놀러 다니는 생활을 했나요?

지영: 좀 막막했어요. 학교는 다녔는데 그때부터 꾸준히 약을 먹기 시작했어요.

황: 그때부터 약을 먹으면서 학교를 다녔군요. 약을 먹으니까 본인의 상태가 어떻게 바뀌었는지 혹시 기억나세요?

지영: 네, 잠이 너무 많이 와서 학교 공부가 힘들더라고요. 편입 생각을 하기 전부터도 저는 승무원이 하기 싫었으니까 학점 관리라도 잘 해야겠다 생각했고, 편입하려고 마음먹고서는 실제로 학점 관리를 잘했어요. 그런 상황에서 약을 먹었는데 너무 졸렸어요. 편입 후에도 약을 계속 먹었는데 너무 졸려서 정말 힘들게 졸업을 했어요.

황: 약을 먹고 나서는 학교를 꾸역꾸역 다녀야 될 정도로 졸리고, 힘도 빠지고, 본인이 다운된 상태가 된 것 외에는 약을 먹어서 특별히 좋아진 점은 못 느꼈다는 이야기인가요?

지영: 병원에 가서 상담을 여러 번 받았는데요, 제가 좀 어설프기는 해도 학교에서 친구들과의 관계가 힘들다고 자주 얘기했어요. 그랬더니 이렇게 저렇게 하라고 얘기해 주기도 하더라고요. 그런 상담을 오랫동안 받았어요.

황: 약도 동시에 먹으면서요? 처음에 약을 먹기 시작할 때는 부모님이 병원에 데러가셨어요? 아니면 자발적으로 병원에 갔나요?

지영: 네, 약을 동시에 먹으면서 상담을 받았어요. 약을 먹기 시작할 때는 엄마가 저를 병원에 데려가셨고요. 그때 엄마가 의사에게 '얘가 학교 생활을 힘들어 한다'고 이야기하셨고, 그 말에 의사는 제가 자존심이 세서 사람들과 어울리는 데에 어려움이 있다면서 일상생활을 편안하게 하지 못한다고 했어요. 그래서 약을 먹어야 한다고⋯.

황: 그때는 어떤 약을 처방해 주었나요?

지영: 리튬이었던 것 같아요.

황: 조울증 약을 처방했군요. 그 의사 선생님은 환자가 지나치게 기분이 좋았다가 우울해지는 상태를 반복한다고, 그것이 자존심이 센 모습으로 나타난다고 했다는 말이네요. 그런데 약을 먹고 나서는 주로 졸리는 현상만 뚜렷했고요. 상담에서 친구와의 관계 문제를 이야기했다고 하셨는데, 학교에 가면 친구들과 스스럼없이 잘 지내기보다는 '저 친구가 나에게 무슨 말을 하지 않을까' 걱정이 됐죠? 친구가 친절하게 내 마음을 잘 받아주면 좋겠는데 나를 퉁명스럽게 대하거나, 장래 문제와 관련해서도 나와 맞지 않는 친구들 앞에서 본인은 당황하고 어떻게 해야 될지 모르는 상황이었다는 거죠? 내가 답답하고 힘든 것을 어느 누구에게도 얘기할 수 없으니까 그냥 약 먹고 쓰러져 자자는 마음이 당시의 상황을 설명해 주는 것 같네요.

지영: 네, 정확히 맞아요!

처음으로 신경정신과를 찾았던 것은 스무 살 때였다. 어느 나이 지긋한 남자 정신과 의사 앞에서 채 20분도 되지 않는 시간 동안 일상생활도 힘이 들고, 대인관계도 버겁다고 떨리는 목소리로 말했다. 그러자 의사는 모두 알고 있다는 듯 나에게 '우울증'이라는 병명을 알려주었다. 나도 어머니도 '그래서 그랬구나. 차라리 다행이다' 싶어서 고개를 끄덕였다. 우리의 반응에 의사는 하얀 가운을 매만지며 확신에 차서 말했다.

"우울증은 마음의 감기라고 생각하면 됩니다. 그러니까 지금 잘

낫지 않는 감기로 병원에 왔다 생각하시면 되는 거고요."

"그럼 어떻게 해야 하죠?"

"지금처럼 와서 상담도 받고, 약을 좀 지어줄 테니 그것부터 먹고 경과를 지켜보면 됩니다."

그로부터 12년이 지났다. 그리고 12년의 세월 중 나는 무려 11년이 넘도록 우울증, 때론 조울증 치료를 받는다는 명목 하에 갖가지 종류의 약을 복용했다. 그러나 그 '마음의 감기'는 주기적으로 심해졌다가 조금 나아졌다가 하면서 지금껏 나와 함께하고 있다. 황상민 박사는 전화 상담 초반에 이런 나를 두고 안타까운 마음을 이렇게 표현했다.

> **지영 씨는 약을 먹고 지낼 이유가 없는데,
> 10년이 넘도록 약을 먹고 중독이 된 상태로 지냈어요.**

참 가슴 아픈 이야기의 시작이었다. 그리고 약 35분 동안의 대화를 통해서 나는 그동안 경험했던 '내 아픈 마음'의 정체를 확인할 수 있었다. 그리고 그 대화가 끝날 무렵에 나는 황 박사에게 이렇게 말했다.

> **네, 정확히 맞아요!**

웃음이 새어 나오긴 하지만 너무 아팠다. 진정 아무도, 나조차도 몰랐던 나의 마음이었다. 지난 32년 동안 내 마음을 누구라도 제대로 읽어준 적이 있었다면 삶이 달랐을 수도 있었을까 아주 잠시 생각해 보았다. 그 답을 찾기가 망설여졌다. 솔직히 겁이 나고 두려웠다. 아직 가야 할 길도 먼데 괜히 뒤돌아보며 '아프다, 슬프다, 고생했다, 왜 그랬을까' 생각하면 더 힘에 부칠 것만 같았기 때문이다. 이미 너무 많은 눈물을 흘렸고, 끝없이 자책을 해왔다. 더는 그러고 싶지 않다는 마음이 들었다. 정말 더 이상은 못하겠다. 그리고 바로 그 순간, 한없이 긴 어둠으로 깜깜하기만 하던 터널을 지나 저 멀리 빛이 반짝이는, 출구가 보이는 듯한 느낌이 들기 시작했다.

그녀가 처방받은 약물 이야기:
데파스, 웰부트린, 아빌리파이, 졸피뎀

의사는 지영 씨가 경험하는 문제를 두고 산후우울증이라고 진단했습니다. 그리고 지영 씨에게 '**데파스**', '**웰부트린**', '**아빌리파이**', '**졸피뎀**' 이 네 가지 약물을 처방했습니다.

첫 번째 약 **데파스**는 신경증, 우울증의 불안과 긴장을 완화시킬 용도로 사용하는 약물이라고 합니다. 이 약은 2020년 한 해에만 44만9149명(2933만 개, 14억원)에게 처방됐다고 합니다. 혹여나 남편 대현 씨가 이 약물에 대해 검색해 보았다면, '이렇게 많은 사람들이 먹는 약이니 뭐 그리 큰 문제가 될까?' 하고 생각했을 수도 있을 것 같습니다.

그리고 두 번째 약 **웰부트린**은 금연보조제로 잘 알려져 있습니다. 인터넷으로 조금만 검색해 보면 의사들은 이 고마운 약이 세로토닌에 작용하지 않고 노르에피네프린과 도파민의 농도를 높여주는, 특이한 항우울제라고 설명한다는 것을 알 수 있습니다. 덧붙여 계절성 우울증에 더욱 효과가 좋다고 말합니다. 그러니 지영 씨의 남편이 이 두 번째 약에 대해서도 찾아봤다면 다시 한 번 이렇게 말하고도 남았을 것입니다. '모두 다 내 아내에게 도움이 되는 약물이니 괜찮은 것 아닌가?'

사실 무엇보다 놀라운 점은 지영 씨가 웰부트린과 함께 오랜 세월 복용한 **아빌리파이**라는 약에 있답니다. 아빌리파이는 조현병 환자에게 가장 대표적으로 처방되는 약으로 유명하기 그지없답니다. 물론 그 약의 효능·효과를 설명한 글에서는 조현병과 더불어 주요우울장애 치료의 부가요법제 용도임을 밝히고 있습니다.

졸피뎀은 수면제로 잘 알려져 있습니다. 국내외 유명 인사들이 이 약을 복용하던 중에 사건 사고를 일으키기도 했습니다. 용법을 설명한 글에서는 약의 효과가 상당히 빠르게 나타나기 때문에 취침 직전에 투여할 것, 다음날 운전 등을 할 때 위험할 수 있으니 복용 후 기상 전까지 최소 7~8시간의 간격을 둘 것, 투여 기간은 최장 4주를 넘기지 않을 것을 권장합니다.

지영 씨가 다니던 신경정신과 의원의 전문의는 이 네 가지 약물이, 불안하고 무기력하고 지칠 대로 지친 지영 씨에게 도움이 된다고 믿고 사용했을 것입니다. 그러나 이 네 약물이 모두 자살 충동 등의 부작용을 유발할 수 있다는 설명은 해주지 않았습니다. 그리고 남편 역시 지영 씨가 당면한 문제는, 아이를 낳고 흔히 경험하는 산후우울증이라고 믿고 싶거나 혹은 아내의 예민한 성격과 과거 우울증 이력을 떠올리면서, 약물 복용을 크게 걱정하기보다는 오히려 적극적으로 병원을 이용하고 약을 먹길 바랐던 것 같습니다. '힘들 때 병원의 도움을 받는 것이 뭐가 대수야? 그렇게라도 적극적으로 문제를 해결할 수 있으면 다행이지.' 이렇게 믿으며 말이지요.

슬프고도 잔인한 현실로 다가오시나요? 아니면 '정신과라도 다닐 수 있고, 약이라도 처방받을 수 있는 게 어디야' 싶으신가요? 이 문제가 여기 있는 김지영 씨 한 사람만의 특별한 문제처럼 보이시나요? 사실 우리 주위의 많은 이들이 이와 비슷한 일을 경험하고 있습니다.

아래는 포털 사이트에서 검색 결과로 쉽게 확인할 수 있는, 약물(데파스, 웰부트린, 아빌리파이, 졸피뎀)의 효능과 효과들, 그리고 부작용들에 대한 자세한 설명입니다. 어려운 용어가 가득하다고 읽기를 미루지 마시고, 정신과에서 사용하는 약물들이 인간의 아픈 마음을 어떤 방식으로 치유하려고 하는지 한번 생각해 보시길 부탁드립니다. 아니, 인간의 몸을 어떻게 치유하겠다는 것인지 고민해 보실 것을 부탁드립니다.

데파스정 0.25밀리그램

효능·효과

1. 신경증에서의 불안·긴장·우울·신경쇠약증
2. 우울증에 수반하는 불안·긴장
3. 정신신체장애(고혈압, 위·십이지장궤양)에서의
   불안·긴장·우울
4. 다음 질환에서의 불안·긴장·우울 및 근긴장:
   경추증, 요통, 근수축성 두통
5. 다음 질환에 의한 수면장애:
   신경증, 우울증, 정신분열증, 정신신체장애
   (고혈압, 위·십이지장궤양)

부작용

1) 의존성(빈도불명): 약물 의존성이 일어날 수 있으므로 관찰
   을 충분히 하고 용량을 초과하지 않도록 신중히 투여한다.
   또한 투여량의 급격한 감소 또는 투여중지에 의하여 경련
   발작, 헛소리, 진전, 불면, 불안, 환각, 망상 등의 이탈증상
   이 나타날 수 있으므로 투여를 중지할 경우에는 천천히 감
   량하는 등 신중히 투여한다.

(중략)

7) 정신신경계

① 정신분열증 등의 정신장애자에게 투여하면 오히려 자극과
민, 흥분, 초조, 혼돈, 환각, 정신병, 기타 행동장애 등의 역
설적 반응이 나타날 수 있으므로 관찰을 충분히 하고 이상
이 인정되는 경우에 투여를 중지하고 적절한 처치를 한다.

② 건망, 자극흥분, 혼돈, 때때로 졸음, 휘청거림, 어지러움,
보행실조, 두통, 두중, 언어장애, 드물게 불면, 명정감(酩酊
感), 진전, 흥분, 초조가 나타날 수 있다.

8) 눈: 안구진탕, 시력불선명 등 시각장애가 나타날 수 있다.

9) 호흡기계: 드물게 호흡곤란이 나타날 수 있다.

(중략)

15) 국내 자발적 이상사례 보고자료(1989-2015년6월)를
분석한 결과, 이상사례가 보고된 다른 의약품에서 발생한
이상사례에 비해 통계적으로 유의하게 많이 보고된 이상사
례는 다음과 같이 나타났다.

다만, 이로서 곧 해당성분과 다음의 이상사례 간에 인과관
계가 입증된 것을 의미하는 것은 아니다.

- 정신계: 섬망
- 소화기계: 소화불량

일반적 주의

1) 졸음, 주의력·집중력·반사운동능력 등의 저하가 일어날 수 있으므로 이 약을 투여중인 환자는 자동차 운전 등 위험을 수반하는 기계 조작을 하지 않도록 주의한다.

2) 벤조디아제핀계 약물을 정신병의 1차 선택약물로 사용하지 않는다.

3) 벤조디아제핀계 약물을 우울증이나 우울성 불안에 단독으로 사용할 경우 자살경향이 증가할 수 있으므로 신중히 투여한다.

4) 일반적인 항불안 효과를 목적으로 사용할 때에는 가능한 한 단기간 투여한다. 많은 경우 총 치료 기간은 4~12주를 넘지 않도록 하며 장기간 투여가 필요한 경우 정기적으로 환자의 증상을 재평가한 후 투여한다. 투여를 중지할 경우에는 점진적으로 감량한다.

5) 장기간 치료시에는 혈액검사, 간기능 검사 및 요검사를 정기적으로 한다.

임부 및 수유부에 대한 투여

(중략)

4) 모유 중에 이행하여 신생아에 졸음, 체중감소 등을 일으킨

경우가 다른 벤조디아제핀계 약물(디아제팜)에 보고되어 있고 또한 황달을 증강시킬 가능성이 있으므로 수유부에의 투여를 피하는 것이 바람직하나 부득이하게 투여할 경우에는 수유를 중단한다.

웰부트린엑스엘정 150밀리그램

효능·효과

- 금연시 니코틴 의존을 치료하기 위한 단기간의 보조요법
- 주요우울장애

용법·용량

이 약은 그대로 삼켜서 복용하여야 하며, 으깨거나 분할하거나, 씹어서 복용하지 않도록 한다. 이러한 경우, 발작을 포함한 이상반응의 위험이 증가할 수 있다.

일반적 주의

(중략)

3) 정신병, 혼돈, 다른 신경정신계 증상: 부프로피온 일반정 또는 이 약을 투여한 우울증 환자에서 망상, 환각, 정신

병, 집중력 장애, 편집증, 혼돈과 같은 여러 가지 신경정신계 증상 및 징후가 나타났고 일부에서는 이 약의 용량 감소 및/또는 중단에 의해 증상이 경감되었다.

4) 정신병 및/또는 조증/양극성 장애의 활성화

① 신경정신계 증상이 보고되었다. 특히 정신병 및 조증의 증상이 주로 정신질환의 병력이 있는 환자에서 관찰되었다. 또한 다른 민감한 환자에서 잠복되어 있는 정신질환을 유발할 수 있다. 주요 우울삽화는 양극성 장애의 최초 징후일 수 있다.

② 대조 임상시험에서 증명되지는 않았으나 양극성 장애 위험을 가진 환자에서 주요우울삽화 기간에 항우울제를 단독 사용 시 조증 또는 혼재 삽화를 촉진할 가능성이 있다. 양극성 장애 환자에게 기분안정제와 부프로피온을 병용투여한 제한된 임상자료에서는 조증으로의 전환 비율이 낮게 나타났다. 따라서 항우울제 최초 투여 전 자살, 양극성 장애 또는 우울증의 가족력을 포함한 자세한 정신과적 병력에 대해 확인하여 양극성 장애의 위험이 있는지 선별하여야 한다.

5) 식욕과 체중 변화: 위약-대조시험에서 [표 5]에서와 같이 환자들은 체중증가 또는 체중감소를 경험하였다. 부프로

피온 일반정 시험에서, 삼환계 항우울제를 투여한 환자의 35%에서 체중이 증가한 반면, 부프로피온 일반정을 투여한 환자의 9%에서 체중이 증가하였다. 체중감소가 환자에서 나타나는 우울증의 주된 징후라면 이 약을 투여할 경우 식욕 감소 및/또는 체중감소의 가능성을 고려해야 한다.

6) 우울증: 우울감은 니코틴 투여 중단에 의한 증상일 수 있다. 드물게 자살 성향을 포함한 우울증이 금연을 시도중인 환자에서 보고되었다. 이러한 증상은 이 약의 투여기간 동안에도 보고되었으며 일반적으로 투여 초기단계에서 발생하였다.

7) 자살

① 자살 기도 가능성은 우울증의 특징이고 유의하게 회복될 때까지 지속될 수 있다. 따라서 이 약을 처방할 때에는 환자의 증상을 조절할 수 있는 최소량을 처방해야 한다.

② 주요우울장애를 가진 환자(성인, 소아)는 항우울제의 투여 여부와 관계없이, 질환의 뚜렷한 호전이 있을 때까지 우울 증상의 악화 및/또는, 자살 충동과 행동(자살 성향), 비정상적인 행동 변화의 발현을 경험할 수 있다.

③ 자살은 우울증 및 어떤 다른 정신과적 질환의 알려진 위험 요소이며, 이러한 질환들은 그 자체가 자살의 가장 강력한

예측인자이다. 그러나 항우울제가 치료 초기 단계 동안 어떠한 환자들에 있어서는 우울증상의 악화 및 자살성향의 발현을 유도할 수도 있다는 우려가 장기간 지속되어 왔다. 항우울제(SSRI 및 기타)의 위약-대조, 단기간 임상시험의 통합 분석은 이러한 약물들이 주요우울장애 및 다른 정신과적 질환을 가진 소아, 청소년 및 젊은 성인(18-24세)에서 자살 생각 및 행동(자살 성향)의 위험도를 증가시킨다는 것을 나타내었다. 단기간의 연구에서는 25세 이상의 성인에서 위약과 비교하였을 때 항우울제가 자살 성향 위험 증가를 나타내지 않았다. 65세 이상의 성인에서는 위약에 비해 항우울제에서 이러한 위험이 감소하였다.

④ 주요우울장애, 강박장애 또는 다른 정신과적 질환을 가진 소아 및 청소년을 대상으로 한 위약-대조 임상시험의 통합 분석은 4,400명 이상 환자에서의 9개 항우울제에 관한 총 24건의 단기간 임상시험을 포함하였다. 주요우울장애및 다른 정신과적 질환을 가진 성인을 대상으로 한 위약-대조 임상시험 통합 분석은 77,000명 이상 환자에서의 11개 항우울제에 관한 총 295건의 단기간(시험 기간의 중앙값: 2개월) 임상시험을 포함하였다. 약물간에 자살성향의 위험도에 있어서는 상당한 차이가 있었으나 연구된 대부분

의 모든 약물에서 젊은 성인에서의 자살성향 증가 경향이 있었다. 다른 적응증들간에 자살성향의 절대적 위험도에 있어서 차이가 있었으며, 주요우울장애에서 가장 발생수가 높았다. 그러나 위험도의 차이(항우울제 vs 위약)는 연령층 내에서, 그리고 적응증 간에 상대적으로 안정하였다.

아빌리파이정 10밀리그램

효능·효과

1. 조현병
2. 양극성 장애와 관련된 급성 조증 및 혼재 삽화의 치료
3. 주요우울장애 치료의 부가요법제
4. 자폐장애와 관련된 과민증
5. 뚜렛장애

용법·용량

1. 조현병
1) 성인
- 권장 초기 용량은 식사와 관계없이 1일 1회 10mg 또는 15mg입니다. 이 약은 조현병의 치료 시 1일 10-30mg

의 용량범위에서 조정될 수 있습니다. 투여량은 항정상태에 도달하는 데에 필요한 2주가 되기 전에 증가시켜서는 안 됩니다.

- 유지요법: 이 약의 조현병에서 유지요법은 3개월 이상 다른 항정신병약물 투여로 안정화된 조현병 환자를 대상으로 위약 대비 1일 15mg 용량에서 재발 여부에 대한 임상시험을 통해 유효성이 입증되었습니다. 유지요법의 필요성을 결정하기 위해 환자들은 정기적으로 재평가되어야 합니다.

(중략)

3. 주요우울장애 치료의 부가요법제 – 성인

- 기존의 항우울제를 복용하는 성인 환자에 대한 권장 초기 용량은 식사와 관계없이 1일 1회 2~5mg입니다. 주요우울장애 치료의 부가요법제로서 이 약의 유효성은 1일 2~15mg에서 확립되었습니다. 이 약은 1주일 이상의 간격으로 5mg 이하의 용량 범위에서 점진적으로 증량하여야 합니다.

- 유지요법: 주요우울장애 치료의 부가요법에 대한 유지요법은 평가되지 않았습니다. 유지요법의 필요성을 결정하기 위해 환자는 정기적으로 재평가되어야 합니다.

사용상 주의사항

1. 경고

1) 자살성향 및 항우울제

주요우울증이나 기타 정신과적 질환을 앓는 소아, 청소년 및 젊은 성인에 대한 단기간 연구에서, 항우울제가 위약에 비해 자살 생각과 행동(자살 성향)의 위험도를 증가시킨다는 보고가 있습니다. 소아, 청소년 또는 젊은 성인에게 이 약이나 다른 항우울제 투여를 고려중인 의사는 임상적인 필요성이 위험성보다 높은지 항상 신중하게 고려해야 합니다.

단기간의 연구에서 24세를 초과한 성인에서는 위약과 비교 시, 항우울제가 자살 성향의 위험도를 증가시키지 않았고, 65세 이상의 성인에서는 위약에 비해 항우울제에서 이러한 위험이 감소하였습니다. 우울증 및 기타 정신과적 질환 자체가 자살 위험 증가와 관련되어 있습니다. 항우울제로 치료를 시작한 모든 연령의 환자는 적절히 모니터링 되어야 하며 질환의 악화, 자살 성향 또는 다른 비정상적인 행동 변화가 있는지 주의 깊게 관찰되어야 합니다. 환자의 가족이나 보호자 또한 환자를 주의 깊게 관찰하고 필요한 경우 의사와 연락하도록 지도해야 합니다. 이 약은 우울증에 대해 소아에서의 사용은 승인되지 않았습니다.

상당기간 동안 항우울제가 치료 초기에, 특정환자에게 자살 성향의 발생이나 우울증의 악화에 기여할 소지가 있다는 염려가 있었습니다. 즉, 주요우울증 및 기타의 정신 질환을 가진 소아, 청소년 및 젊은 성인(18~24세)에 대한 항우울제의 단기 위약대조 임상시험을 종합 분석한 결과, 항우울제(SSRI 및 기타)가 위약에 비해 자살 생각과 행동(자살 성향)의 위험도를 증가시킴이 나타났습니다.

24세를 초과하는 성인에 대한 단기간 임상시험에서는 위약에 비해 자살 성향의 위험도를 증가시키지 않았으며, 65세 이상 성인에 대한 임상시험에서는 위약에 비해 감소함을 나타냈습니다.

특히 치료 초기 수개월 간 또는 용량 증감 시, 항우울제를 복용 중인 환자들의 임상적인 악화, 자살성향 및 비정상적인 행동의 변화 여부를 적절하게 모니터링하고 주의 깊게 관찰해야 합니다. 주요우울장애 뿐 아니라 정신질환 및 비정신질환성 적응증으로 항우울제를 복용하는 성인과 소아 환자에게, 불안, 초조, 공황발작, 불면증, 과민성(irritability), 적개심, 공격성, 충동, 정좌불능증(정신운동성안절부절), 경조증 및 조증과 같은 증상들이 나타날 수 있습니다.

이러한 증상들의 발생과, 우울증의 악화 및 자살 충동과의 연관성은 확립되지 않았지만, 자살성향 발생의 전조증상일 수 있다는 우려가 있습니다.

우울증의 지속적인 악화, 갑작스러운 자살성향 또는 우울증 악화나 자살성향의 전조가 될만한 증상을 보이는 환자들에게 이러한 증상들이 심각하고 갑작스럽게 나타나고 현재 증상과 다른 것일 경우에는 특히 약물 중단의 가능성을 포함한 약물치료의 변경을 고려해야 합니다.

항우울제를 복용하는(주요우울장애, 정신질환 혹은 비정신질환) 환자의 가족 및 보호자들은, 초조, 과민성, 행동의 이상 변화, 상기 증상 및 자살성향에 대하여 면밀히 관찰하고, 발견 즉시 의료인에게 보고해야만 합니다. 가족과 보호자는 매일 이 같은 관찰을 해야 하고, 과량 투여의 위험을 방지하기 위해 이 약은 최소량부터 처방되어져야 합니다.

양극성장애 환자의 선별: 주요우울장애삽화는 양극성장애의 초기단계에서 나타날 수 있습니다. 통제된 시험을 통해 입증된 것은 아니지만, 양극성장애의 소지가 있는 환자에게 위 증상을 치료하기 위하여 항우울제를 투여하였을 때, 양극성장애의 혼재성 삽화나 조증증상이 촉발될 수 있습니다. 이러한 증상들이 전환(conversion)과 연관되어 있는지는 밝혀지지 않았습니다.

우울증상을 보이는 환자들에게 항우울제 투여할 때, 이들이 양극성장애의 위험성을 가지고 있는지 여부를 판단하기 위한 적절한 선별이 선행되어야 합니다. 이 선별과정에는 자살, 양극성장애, 우울증에 대한 가족력이 포함된 정신질환력의 검토가 포함됩니다. 이 약은 소아 우울장애환자 치료를 위한 사용에는 승인받지 않았습니다.

졸피뎀정 10밀리그램

효능·효과
성인에서의 불면증의 단기 치료

용법·용량
이 약은 작용발현이 빠르므로, 취침 바로 직전에 경구투여한다. 성인의 1일 권장량은 10mg이다. 가장 낮은 효과적인 용량을 사용하여야 하며, 권장량 10mg을 초과하여서는 안 된다. 노인 또는 쇠약한 환자들의 경우, 이 약의 효과에 민감할 수 있기 때문에, 권장량을 5mg으로 하며 1일 10mg을 초과하지 않는다. 간 손상으로 이 약의 대사 및 배설이 감소될 수 있으므로, 노인 환자들에서처럼 특별한 주의와 함께 용량을 5mg에서 시작하도록 한다. 65세 미만의 성인의 경우, 약물의 순응도가 좋으면서 임상적 반응이 불충분한 경우 용량을 10mg까지 증량할 수 있다.

이 약을 복용한 다음날 운전 또는 완전히 각성된 상태에서 이루어져야 하는 다른 행동에 장애를 일으킬 수 있으므로, 취침 직전에 1회 복용하되 약물 복용 후 기상 전까지 최소 7~8시간의 간격을 두도록 한다.

치료 기간은 보통 수일에서 2주, 최대한 4주까지 다양하며, 용량은 임상적으로 적절한 경우 점진적으로 감량해 가도록 한다. 다른 수면제들과 마찬가지로, 장기간 사용은 권장되지 않는다. 치료 기간은 가능한한 짧아야 하며 4주를 넘지 않도록 한다. 치료 기간에 따라 남용과 의존성의 위험이 증가하므로 환자 상태에 대한 재평가 없이 최대 치료 기간을 초과하여 투여하여서는 안 된다. 어린이에게는 이 약을 투여하지 않도록 한다.

사용상 주의사항

1. 경고

1) 이 약의 첫 복용 혹은 재복용 후에 수면 보행, 수면 운전 그리고 완전히 깨지 않은 상태에서의 다른 행위를 포함한 복합 수면 행동이 나타날 수 있다. 환자는 복합 수면 행동 중에 심각한 부상을 입거나 다른 사람에게 부상을 입힐 수 있

다. 이러한 부상은 치명적인 결과를 초래할 수 있다. 다른 복합 수면 행동(예: 음식 준비 및 먹기, 전화하기, 성관계)이 보고되었다. 환자들은 이러한 사건을 대체로 기억하지 못한다. 시판 후 조사 결과에 따르면 복합 수면 행동은 권장 용량에서의 이 약의 단독 투여, 혹은 알코올 또는 다른 중추신경 억제제와 병용 투여 시 일어날 수 있다. 환자가 복합 수면 행동을 경험하는 경우 이 약의 투여를 즉시 중단한다.

2) 수면 장애는 신체적 및/또는 정신적 장애를 나타내는 소견일 수 있으므로 환자를 주의 깊게 평가한 다음 불면증의 증상적 치료를 시작한다. 7~10일 동안 치료한 후 불면증이 완화되지 않을 경우, 평가되어야 할 특발성 정신적 및/또는 의학적 질병이 있음을 의미할 수 있다. 불면증의 악화 또는 새로운 사고 또는 행동 이상의 발현은 미확인된 정신적 또는 신체적 장애의 결과일 수 있다. 이러한 소견들은 이 약을 포함하여 진정제/수면제로 치료하는 동안 나타났었다.

3) 이 약물의 중요한 몇몇 이상반응들은 용량과 관련한 것으로 여겨지므로 특히 고령자에서 최소한의 유효용량을 사용하는 것이 중요하다.

4) 다양한 비정상적인 사고 및 행동 변화들이 진정제/수면제 사용과 관련하여 발생하는 것이 보고되었다. 이러한 변화들 중 몇몇은 억제 감소(예. 비정상적인 공격성 및 외향성)로 특징지워질 수 있으며 알코올 및 기타 중추신경계 억제제에 의한 효과와 유사하다. 그 외 보고된 행동 변화들에는 괴기한 행동, 초조, 환각, 이인증(depersonalization)이 있었다.

5) 기억상실증 및 기타 신경-정신 증상들이 예측할 수 없게 발생할 수 있다. 성인 대상의 역학연구에서 이 약 복용 시 주요 우울증 등의 정신과적 질환의 진단된 병력 유무와 무관하게 자살행동이 증가함이 보고된 바 있다. 이 약과 자살행동 간 인과관계는 알려지지 않았다. 주로 우울증 환자에서, 자상 충동을 포함하여 우울증 악화가 진정제/수면제 사용과 관련하여 보고되었다.

6) 위에 언급된 이상 행동들의 특정례가 약물 유발성이거나, 본래 자발적이거나, 또는 기본적인 정신적 또는 신체적 장애 결과인지는 거의 확실하게 결정될 수 없다. 그럼에도 불구하고 새로운 행동 징후 또는 관련한 증상의 발현은 주의 깊고 즉각적인 평가를 요구한다.

일반적 주의

1) 수면제를 처방하기 전에, 불면증을 야기할 수 있는 원인이 있는지 그리고 치료가 필요한 다른 요인이 진행 중인지를 살펴, 불면증의 원인을 찾도록 한다.

2) 만약 7~14일 동안의 약물 치료에도 불면증이 경감되지 않는다면, 불면증 이외에 다른 일차적 정신 또는 신체적 질환이 있는지 의심해보아야 한다.

(중략)

6) 반동성 불면증

수면제 치료의 중단으로 보다 심한 형태의 일시적인 불면증이 재발할 수 있다. 환자들의 불안을 최소화하기 위해서, 약물 사용 중단 시에 이러한 반동성 증상이 나타날 수 있다는 것에 대해 환자들에게 숙지시키는 것이 중요하다. 약물 투여를 갑자기 중단하였을 때 이러한 금단 증상 또는 반동성 증상의 위험이 더 증가하므로, 임상적으로 적절한 경우에 용량을 점진적으로 감량하는 것이 권장된다. 작용 시간이 짧은 벤조디아제핀계 약물 및 벤조디아제핀 유사 약물들의 경우, 이러한 금단 증상들이 약물 복용 중간에 발현될 수도 있다.

출처: 의약품 안전나라(식품의약품안전처)
https://nedrug.mfds.go.kr/

아이를 지키기 위한
김지영의 자기 마음 찾기

황: 이게 12년 전 일이라고 생각하니까 진짜 가슴이 아프네요. 어쨌든 약을 먹었는데 졸리기만 하고, 대체 왜 약을 먹어야 되는지 모르지만 또 시키는 대로 꾸역꾸역 해 나가신 거군요. 본인이 괴롭고 힘들어도 못한다는 소리는 못하고 그냥 하는가 보다 하면서, 자학하는 마음으로 11년간 약을 먹었다는 것이네요.

지영: 네.

황: 상당히 예민하고 감성적이면서 신경질도 잘 내지만, 또 한편으로는 참고 지키는 것도 엄청나게 잘하신다는 거군요. 상당히 역설적이지 않아요? 이런 본인의 모습을 알고 있었나요?

지영: 박사님이 얘기해 주시니까 지금 처음으로 제대로 표현된 것 같

아요.

황: 그러게요. 그렇게 참고 지키는 과정에서 떨어지는 것은 자존감이고 자신감이었지요. 먼저 나서서 사람들과 관계를 제대로 맺지도 못하고 잘하는 것도 없다고 생각하면서 자학하는 마음이 아주 체계적으로 만들어졌다는 것도 사람들이 봐야 하는데, 사람들은 겉모습만 보니까 아무것도 모르죠.

지영: 네.

대부분 그런 상상을 한다. '내가 승무원이 될 만큼 예뻤다면, 진짜 승무원이 되기 위해 항공운항과까지 들어갔다면 얼마나 멋지고 좋을까' 하고 말이다. 혹은 외모가 아름다운 여성은 자존감이나 자신감도 당연히 높고, 아주 즐겁게 살 거라 생각한다. 하지만 나는 그런 통념에 둘러싸여서 내 마음이 아프다는 사실을 드러내는 것이 더욱 어려웠다. 오히려 그렇게 예쁘고 멋지게 살지 못하는 현실이 나의 잘못이라 여겼다. 그래서 병원에 가 약을 받아 먹고 늘어져 잠을 자면 이 괴로움을 쉽게 흘려보낼 수 있지 않을까 생각하며 쓰린 시간을 정신과 약과 함께 보냈다.

황: 대학을 졸업하고는 어떻게 지내셨어요?

지영: 진로를 찾던 중에 만나게 된 선배가 있었는데, 학원강사를 하는 분이었어요. 아이들과 지내는 게 재밌고 무척 여유로워 보이더라고요. 그때 저는 약을 먹고 힘들어서 회사에 다닐 자신은 없었고, 애들을 가르치는 게 되게 재밌겠다는 생각도 들어서 학원에 가서 유치원생, 초등학생, 중학생 아이들에게 영어를 가르쳤어요.

황: 잘하셨네요. 막상 가르쳐 보니까 어땠나요?

지영: 제가 직장은 두 곳을 다녔는데, 처음 직장은 힘들었어요. 원어민들과 한국인 선생님들 사이에 파가 갈린 분위기가 참 힘들었어요. 게다가 스물여섯에 대학을 갓 졸업하고 들어간 초보라서 밤늦게까지 학부모 상담을 하며 지냈어요. 너무 힘드니까 월급은 적게 받더라도 좀 더 편한 직장에 가자는 마음이 들어서, 그런 직장으로 옮기고 2년 동안 일했어요.

황: 그 학원은 규모가 좀 컸나요? 그 학원에서 학부모 상담은 누가 했나요?

지영: 규모는 작았어요. 학부모 상담은 과목 선생님들이 각자 맡아서 전화로 했고요. 그런데 선생님들 사이에 파가 갈리는 일은 없어서 다닐 만하더라고요.

이렇게 살아온 삶을 찬찬히 펼쳐놓고 보니 내가 어째서 매번 비슷한 어려움을 겪었는지 이해가 되는 듯했다. 대학에서는 내 적성에 맞지 않는 공부를 하며 교우관계가 힘들어졌고, 이후 학원에서 강사 생활을 하면서는 여러 무리로 나뉘어 경쟁하는 사람들이 버거웠다. 아이를 낳고 첫 번째 산후조리원에서 힘들었던 것도 같은 이유 때문이지 않았을까? 그때의 나를 다른 각도에서 바라본다면, 아니 어느 예민하고 섬세한 특성이 있는 사람이 겪은 일이라 생각해 본다면, 첫 아이를 막 출산하고서 얼마나 혼란스럽고 힘들었을까? 그런데 산모들이 서로 친목을 도모하는 분위기에 휩싸여 있었다니 엄청난 부담감을 느꼈을 것 같다.

그리고 보니 상담에 앞서 받아본 WPI 심리검사 결과지의 내용이 나의 특성을 고스란히 설명해 주고 있었다.

⋯ 로맨티스트-매뉴얼

로맨티스트-매뉴얼 성향의 사람들은 다른 사람들과의 관계에서 소극적인 모습을 보입니다. 낯선 상황이나 환경에서 쉽게 긴장하거나 수줍음을 타기도 합니다. 심리적으로 긴장하게 되면 자신의 감정과 생각을 좀처럼 표현하기가 어려워 어색해하고, 더욱 서툴러지기도 합니다. 이때 타인과의 공감이나 소통

이 잘 이뤄지지 않는다고 느끼면, 로맨티스트는 자신의 마음과 달리 상당히 예민하고 까칠한 사람이 되어버리기도 합니다. 마음속으로 먼저 다가가지 못하는 자신을 누군가가 이해해 선뜻 다가와 주기를 기대하고, 굳이 표현하지 않아도 자신의 마음을 주변 사람들이 알아주기를 기대합니다.

누군가가 자신을 이해하고 그 사람과 마음이 통한다고 느낄 땐 깊고 친밀하게 교제하려 합니다. 여기서 로맨티스트에게 마음이 잘 통한다는 것은 자신을 잘 이해해 주고, 공감해 준다는 의미입니다. 자신의 마음을 잘 알아주는 소수의 주변 사람들과 깊은 관계를 유지합니다.

주변의 다른 사람들에게 시크하고 무관심한 듯 보여도 자신이 좋아하거나 편안하게 느끼는 소수의 사람들 앞에서는 한없이 다정하고, 사랑스러운 매력을 드러냅니다. 이런 마음이라 사랑의 감정을 공유하거나 표현하는 연애와 같은 일은 매우 중요합니다. 누군가에게 인정이나 사랑을 받음으로써 자기 존재의 이유가 더욱 명확해지기 때문입니다.

여린 감성은 걱정과 불안, 그리고 감정의 기복이나 우울감으로 드러나기도 하고, 때로는 의존적이거나 애정을 갈구하는 모습으로 나타나기도 합니다.

나의 성향에 대해 정확히 파악하고 생각해 볼 기회가 이전에 있었다면 어땠을까? 조금은 다른 방식으로 내가 지낼 환경을 찾아보거나 무언가를 요청할 수 있지 않았을까?

황: 그래서 그곳에서 2년 동안 일하다 남편을 만나서 결혼하게 된 건가요? 남편은 어떻게 해서 만났어요? 소개를 받았나요?

지영: 네, 소개로 만났어요.

황: 남편이 지영 씨를 너무 좋아해서 뭐든지 맞춰주고, 신경질도 다 받아줘서 '아, 이 사람은 나하고 같이 살아도 문제가 없겠구나.' 이렇게 생각해서 결혼하셨을까요?

지영: 네, 그런 마음도 있었어요. 게다가 남편이 사람이 엄청 좋고 똑똑해 보여서 결혼을 결심했어요.

황: 그랬군요. 착해서 나에게 자상하게 대해주고, 게다가 똑똑하고 결혼 전이나 후나 변함없이 무던하게 나를 받아주기도 하죠. 이렇게 본인이 그동안 지내온 상황을 이야기하니까 기분이 어떠세요?

지영: 속이 굉장히 많이 풀리는 것 같아요.

황: 지금 상태로는 본인이 약을 먹을 필요가 있을 것 같나요? 아니면 필요가 없을 것 같나요?

지영: 없을 것 같아요.

황: 네. 약을 먹을 때는 본인 속이 부글부글하고, 온몸이 아프고 쑤시는 것 같고, 쓰러질 것 같고, 내가 뭘 어떻게 해야 할지 모르는 불안감이 엄청 느껴졌다고 하셨죠. 그런 것들이 실제로 약을 먹으면 없어지는 게 아니라 그냥 졸리기만 하고, 약 먹은 것으로 인해 새로운 불안이 더 많이 생기기도 하거든요. 그런데 다른 사람들 입장에서 보면, 약을 먹었을 때 일단 감정 표현을 덜하니까 문제가 해결되는 것 같이 느껴지는 거예요. 그래서 약을 먹어야 하는 거 아닌가 생각하게 되는 것이죠.

지영: 네, 주로 그렇게 이야기하셨어요.

차라리 '우리 모두는 너무나 다른 존재이기에 너도 이상하고 나도 이상할 수 있다. 너는 이런 상황에서 이런 행동을 하지만 나는 저렇게도 행동할 수 있다'는 것을 인정할 수만 있었다면…, 그랬다면 내가 약물로 내 고통을 달래는 일은 애초에 없었을지도 모른다.

황: 그런 상황에서 부모님은 지영 씨를 어떻게든 잘 이해해서 잘 살

수 있도록 도와주기보다는 '아프면 약 먹어라, 네가 마음이 아프든 몸이 아프든 약 먹는 게 최고다' 이렇게 말씀하시는 상황으로 가버리게 된 것이죠.

지영: 네, 특히 아빠가 더 그러셨어요.

황: 그런데 당사자인 지영 씨는 본인이 아픈 것이 '약을 먹어서 해결될 게 아니라 부모님이나 주위 사람들이 나를 좀 알아주고, 내 마음을 같이 읽어주고 공유를 해줘야 안 아픈 건데' 했던 거죠. '그냥 이렇게 사는 게 인간이냐? 밥만 먹는다고 사는 거냐?' 이렇게 이야기하고 싶었던 거죠?

지영: 네, 정말 그랬어요.

황: 안타깝게도 본인이 오랫동안 받았던 상담에서는, 학교에서 친구 관계가 힘들다고 하면 단순히 이런저런 단편적인 방법들만 제시해주고, 본인이 왜 친구와의 관계에서 힘든지, 친구가 본인을 어떻게 보는지, 본인은 또 어떻게 생각하는지 이런 본인의 마음을 읽어주지는 않았죠? 마치 고장 난 기계에서 이 부품이 잘못됐으니까 이걸 바꿔주고, 배터리만 교환하면 잘 돌아갈 거라는 식의 상담을 했으니 도움이 별로 될 수 없었던 것이죠.

지영: 네, 그렇게 시간을 보냈네요.

황: '상담도 도움이 안 되니까 약 먹고 쓰러지는 것밖에 도움이 안 된 다.' 그거라도 하라고 하니까 갑자기 약에 의해 쓰러진 상태로 꾸역 꾸역 사람 같지 않은 삶을 계속 살고 있었는데 아이가 엄마를 약에서 구했네요. 약을 끊게 해주었으니까요. 이제 평생 아이를 볼 때마다 '네가 엄마를 약으로부터 구했어'라고 생각하시면 되겠네요.

지영: 네, 아이를 보면 그런 마음이 들어요.

황: 그런데 그런 아이를 내가 돌보려고 해도 그게 너무 불안하고, 해 야 할 일은 산더미인데 나는 손가락 하나 까딱하기 힘든 상태이니 얼 마나 자책하고 자학하는 마음이 됐겠어요?

지영: 네, 그래서 괴로웠던 것 같아요.

스물한 살부터 서른이 되도록 약을 먹었다. 그러다 약을 끊게 된 것은 '아이를 임신하려면 그래도 약을 끊어야 하지 않겠냐'는 친정 어머니의 권유가 있었기 때문이었다. 신기하게도 약을 끊고서 4개월 후에 임신을 했다. 그리고 출산 후 2개월까지는 약을 먹지 않으며 지 냈다. 정말 내 아이를 '약에서 엄마를 구해 낸 아이'라고 부를 만도 하다. 그런데 엄마라면 그런 아이를 제대로 돌봐야 하는데, 나는 아이를 돌보는 것이 너무나 힘들고 부담스러웠다. 그러니 더욱 '나쁜 엄마'라는 생각에 사로잡혔고, 자책을 하지 않고서는 견디기가 더더욱 힘들어졌다.

황: 마치 학교 다닐 때 시험을 며칠 앞두고 공부할 것은 산더미 같은데, 나는 아무것도 모르는 것 같고, 그냥 공부를 하면 될 텐데 손가락 하나 까딱 못 하겠고, 책을 펼치는 것조차 너무 두려워지는 것과 같은 거죠. 너무 절망스러운 상황이었겠어요.

지영: 네, 정말 무기력했어요.

황: 지금 약을 9개월째 드시고 있는데요, '이 약을 조금씩 줄이지 않고 한 번에 끊어버리면 재발하는 거 아닌가, 부작용이 있는 거 아닌가' 이런 생각이 들었던 거죠? 그런데 도대체 무슨 재발이고, 무슨 부작용인지 모르겠어서 저에게 상담을 신청하신 거죠?

지영: 네, 맞아요.

황: 지금까지는 과거의 생활과 그때의 마음을 이야기해 봤으니까, 이제 약을 당장 끊었을 때 어떻게 될 것인지에 대해서 이야기해 볼 필요가 있겠죠?

지영: 네.

황: 만일 오늘부터 본인이 약을 안 먹는다고 하면 어떤 일이 벌어질까요?

지영: 여태까지 단약을 혼자 마음대로 했을 때 단기간 동안은 괜찮았는데요, 한두 달 지나서는 '다시 병원에 가야 하나' 하는 생각이 들어서 제 발로 다시 가게 됐어요.

황: 그때 본인이 병원에 가야 하는 어떤 이유가 갑자기 생겼나요? 아니면 한두 달 정도 '어떻게 해야 되나, 어떻게 해야 되나' 이런 걱정을 하다가 도저히 나 혼자만 안고 있을 수 없어서 의사 선생님에게 가 이실직고했나요?

지영: 걱정하다가 의사 선생님을 찾아가서 이실직고했어요.

황: 그게 본인이 마음이 여리고 착한 사람이라는 것을 알려줘요. 약을 먹다가 끊은 것을 본인이 잘못한 일이라고 생각하게 된 것이죠. 그래서 의사에게 이실직고한 것이고요. 그러면 의사는 근엄한 얼굴로 약을 먹을 때에는 절대 함부로, 마음대로 약을 중단하면 안 되고 꾸준히 복용해야 된다고 했던 거예요. 의사가 그만 먹으라고 할 때까지 계속해서 먹었을 수도 있겠죠. 의사의 그런 이야기에 마치 야단맞

은 아이의 심정으로 약을 받아서 또 꾸역꾸역 먹기 시작했던 경험을 몇 번 했다는 것이죠?

지영: 네.

황: 주변에서는 어땠나요? 본인이 약을 안 먹고 있을 때, 주변 사람들이 '너 왜 약을 안 먹고 있냐'고 지적한 적이 있나요?

지영: 네, 언니와 가족들이 그랬어요. 그런데 저 궁금한 게 있는데요, 재작년에 약을 줄여서 끊을 때 의사의 처방대로 줄였는데, 임신하고 입덧이 심해서 거의 죽고 싶더라고요. 혹시 이게 약을 먹지 않아서 생긴 금단 증상이었을까요, 아니면 단순히 임신을 해서 그랬던 걸까요?

황: 임신해서 그랬던 거예요. 지영 씨가 임신을 했을 땐 다른 웬만한 사람보다 불안도 심하고, 여러 가지 감정 기복도 심해졌을 거예요. 그런데 다른 사람은 본인의 그런 기질 혹은 성향을 알지 못하고, 지영 씨는 이미 약을 먹었던 경험이 있기 때문에 조금이라도 심한 감정적 동요가 있으면, 임신 때문이 아니라 병이 재발해서 그렇다고 본것이죠.

지영: 그랬군요.

황: 만약 약을 끊지 않았다면 임신 자체가 어려웠을 뿐 아니라 임신이 되었더라도 아이에게 문제가 될 가능성이 아주 높았어요. 지영 씨와 같은 유형의 사람들은 아이에게 어떤 일이 벌어질지 모른다는 불안감이 엄청나면 아이를 지우고 싶은 충동까지도 느낄 수 있거든요.

지영: 네, 사실 임신했을 때 그런 생각이 조금 든 것 같기도 해요.

황: 그러니까 약을 끊은 것은 진짜 잘하신 거예요. 이야기를 해보고 나니 본인이 약을 먹을 이유가 있다는 생각이 드세요, 아니면 약을 먹을 이유가 조금도 없다는 생각이 드세요?

지영: 제 마음을 누가 좀 이해해 주고 제가 앞으로의 삶을 잘 살아간다면 굳이 약을 먹을 필요가 없겠다는 생각이 들어요.

황: 맞아요. 약을 먹는 건 마치 자기 몸에 무슨 병이 있는지 모르지만 그 병을 고치기 위해서는 내 몸 속의 나쁜 피를 빼내야 한다고 믿고 실제로 피를 빼내는 행동과 마찬가지예요. 옛날에는 자기 몸에 있는 나쁜 피를 빼내기만 하면 병이 없어지고 건강해질 거라고 믿고 그렇게 많이 했거든요. 그런데 그와 비슷한 일이 바로 정신과 약만 먹으면 제정신이 돌아올 거라고 믿는 거예요.

상담이 시작된 지 딱 한 시간이 흘렀다. 그리고 그 한 시간 동안 황상민 박사는 그동안에 내가 경험한 일을 묻고, 내가 처했던 상황과 그 상황 속에서 혼란스러웠던 내 마음을 하나하나 세심하게 읽어주었다. 그리고 한 시간이 지났을 때, 황 박사는 이렇게 질문했다.

> " 이야기를 해보고 나니 본인이 약을 먹을 이유가 있다는 생각이 드세요, 아니면 약을 먹을 이유가 조금도 없다는 생각이 드세요? "

나는 망설임 없이 말했다.

> " 제 마음을 누가 좀 이해해 주고 제가 앞으로의 삶을 잘 살아간다면 굳이 약을 먹을 필요가 없겠다는 생각이 들어요. "

하지만 이전까지는 부모, 남편, 자매, 주변의 그 누구도 나의 마음을 알아주거나 이해하지 못했다. 사실 나조차도 내 마음의 아픔을 알지 못하고 이해하지도 못한 채 정신과 약물을 먹는 방법으로 해결하려 했다. 그러다 아이를 낳고 키우면서, 아이를 잘 키우고 싶다는 어머니의 마음을 갖게 되어서야 내 마음을 들여다볼 용기가 생겼다.

작은방 책상 앞에 앉아 한 시간이 넘도록 전화로 상담을 했고, 이제는 딸 지원이의 백일 사진을 손에 들고 바라보며 '엄마'라는 두 글자가 무겁고 무섭기보다 감사하다는 생각이 들었다.

황: 오늘 저와 상담한 내용을 부모님이나 언니에게 그대로 들려준다면 그분들은 어떤 반응을 보일까요?

지영: 사실 엄마만 제가 약을 끊기를 원하세요. 아빠나 언니는 알지도 못하고 저를 이해해 줄 사람들도 아니에요.

황: 왜 그런 생각이 드세요?

지영: 아빠는 당뇨약을 오랫동안 드시고 계셔서 그런지 약 먹는 것을 당연하다고 생각하세요.

황: 당뇨 증상이 나타난 원인이 무엇인지는 생각지 않고 약에 의존해서 사신다는 것이군요. 그러면 엄마는 약 끊는 것을 지지해 주신다는 이야기죠?

지영: 네, 제가 아기를 낳고서 난리를 치니까 엄마도 불안해져서 정신과에 가셨는데, 의사가 주는 약들이 당신에게 그렇게 좋은지 모르겠다는 생각이 드셔서 약에 대해 회의감을 갖고 운동을 엄청 하셨어요. 그러고 나서는 괜찮아지셨거든요.

황: 어머니께서 훌륭하게 어려움을 극복하셨네요. 맞아요. 약을 끊는 것과 관련해서 본인이 불안감을 갖고 있는데요, 이럴 때에는 어머니처럼 정기적으로 운동을 해야 돼요. 운동을 엄청나게 많이 해야겠다는 생각은 마시고요. 지금 아이를 돌봐주는 도우미는 집에 오나요?

지영: 아니요, 아기는 저와 엄마 둘이서 키우고 있어요.

황: 그럼 만일 본인이 운동을 하러 가면, 그 시간에 아이는 누가 돌보게 되나요?

지영: 엄마가 봐주시겠다고 하셨어요. 그리고 아빠도 제가 운동하는 줄 아시면, 가끔 엄마가 부르실 때 와주실 수도 있고요.

황: 그렇군요. 정신과 약을 누군가에게 먹여야 할 때는 크게 세 가지 경우가 있는데요, 첫 번째는 그 사람이 잠을 못 잔다고 호소할 때예요. 두 번째는 그 사람이 특정 신체 부위에 너무나 심한 통증을 느껴서 즉각적으로 진통제, 특히 마약 성분이 있는 진통제 같은 것을 투여해서 그 통증에서 조금이라도 벗어나고 싶다고 느낄 때예요. 마지막으로는 그 사람이 자기도 모르게 주위 사람들에게 공격적인 행동이나 예를 들어 방화 같은 행동을 해서 주위 사람들을 위험하게 하는 때예요.

지영: 제가 작년에 아기를 낳고서 다리가 저리고 가슴이 막 끓어올랐을 때, 눈이 막 넘어가서 눈동자가 뒤집히는 증상이 있었어요.

황: 눈동자가 뒤집혔을 때, 본인이 가만히 있었는데 뒤집어졌어요? 아니면 감정이 격한 상황에 처해서 뒤집어졌어요?

지영: 입주해서 일하시는 산후 도우미를 쓰는 문제로 불편하고 죄책감이 들었거든요. 엄청 불안했어요. 그래서 그런 증상까지 보였던 것 같아요.

황: 불안한 사람이 실제로 아빌리파이 같은 약까지 먹으면 눈동자가 뒤집어지든지, 손발이 떨리든지, 경련을 일으키는 증상이 더 나타나요. 그런데 의사들은 그런 증상이 일어날 때 약을 더 많이 먹으면 증상이 사라진다고 주장하죠.

지영: 그럼 그때 눈이 뒤집혔던 건 약을 끊어서 나타난 단약 증상이었을까요?

황: 의사들은 단약 증상이라고 하면서 병이 재발한 것이라고 이야기하는데, 실제로는 약의 효과가 약간 남아서 생기는 부작용일 수도 있고, 그 약을 먹음으로써 우리 신체의 어떤 부분이 특정한 정서적 흥분 상태에서 멋대로 돌아가는 것일 수도 있어요. 하지만 그게 100퍼

센트 약 때문이라고 이야기하기는 힘들어요. 약을 전혀 안 먹는 사람도 감정적으로 흥분하면 눈동자가 돌아갈 수 있거든요. 본인과 같은 사람은 극심한 스트레스를 받으면 경련이나 발작 증세를 일으켜요. 지영 씨는 원래 그런 증상까지는 없는 사람이었는데, 예민한 편이라서 그동안에는 본인의 신체를 억누르기 위해 약을 먹고 지낸 거예요. 그런데 이 약을 만든 회사에서 실제로 약의 작용 기전은 모르겠지만 어쨌든 이 약을 오래 먹으면 부작용으로서 경련이 생기든지, 눈알이 돌아가든지, 자살 충동 등이 일어날 가능성이 20~50퍼센트 높다고 설명서에 적어 놓기는 했어요.

지영: 그렇군요.

황: 그런데 의사들은 그런 증상이 나타나면 '재발'이라고 표현하니까 얼마나 황당해요. 재발이 아니라 약물에 의한 증상일 수도 있는데 말이에요. 그러면 이제 본인은 이 약을 당장 오늘부터 끊어도 아무 문제가 없다는 것을 아시겠어요?

지영: 네, 이해가 돼요.

황: 그런데 더 중요한 것은 본인이 머리로 이해를 해도 순간순간 스치는 불안감은 금방 해소될 수 없을 거예요. 본인이 약을 복용했던 기간도 길고, 가족들도 약을 끊는 것에 대해 적극적으로 지지해 주지

않을 것 같다는 점도 있고요. 그러니까 이런 걱정들을 극복하는 것 자체가 새로운 과제일 수 있겠죠.

약물이 그동안 나에게 어떤 영향을 끼쳤는지 확연히 이해가 되었다. 하지만 아직은 머리로만 이해될 뿐이고, 오랜 시간 약물에 기대어 살아왔던 내가 제대로 약에서 벗어날 수 있을지, 또 그 과정에서 내가 느끼는 온갖 불안감을 극복하는 것이 가능할지는 새로운 걱정거리로 다가왔다. 더욱이 어머니 외에 가족들은 나의 예민하고 신경질적인 성향이 가끔씩 발작처럼 나올 때마다 약을 먹어야만 괜찮아진다고 믿고 있었다. 이제 나는 주변에서 이렇다 할 지지를 받기 어려운 가운데 나 자신을 믿으며 약을 끊고, 건강하게 내 몸과 마음을 돌봐야 하는 과제 앞에 홀로 섰다. 작고 연약한 꽃 한 송이로 지내던 온실에서 벗어나 거친 대자연과 마주해 살아남을 방법을 스스로 찾아야 하는 것과 같았다.

황: 네, 이럴 때는 어떻게 하면 좋을까요?

지영: 이야기를 하면서 저 스스로 조금은 단단해졌다고 생각이 드는 게, 예전에는 아버지나 언니를 의지했는데 지금은 그보다 저 스스로 뭔가를 해보고 싶어요.

황: 좋아요. 일단은 규칙적으로 운동을 하는 것이 중요해요. 매일매

일 근처 산을 오르거나 헬스장에 가서 운동을 해야 해요. 이런 활동으로 계속해서 본인의 뇌에 자극을 주는 것이 중요해요. 그리고 본인의 기본적인 체력을 키우는 것은 아기를 잘 키우고 자신의 삶을 잘 살아가는 데에도 꼭 필요해요.

한편으로는 오랜 시간 머물렀던 온실에서의 삶도, 그곳에서 같이 지낸 가족과의 관계도 모두 걱정이 되었다. 지금껏 그래 왔듯이 예민한 나를 최대한 죽인 채 섬세하고 착한 화초로 가족과 함께 사는 길도 있으니 말이다. 그럼에도 나의 삶은 다른 누구도 아닌 내가 사는 것임을, 아이 엄마가 된 나 김지영은 절실히 느꼈기 때문에 황 박사와의 상담을 신청한 것이었다.

분명 나는 꿈꾸고 있었다. 더 이상 약물에 기대지 않고 지원이를 건강하게 키울 수 있는 엄마가 되어 아이에게도 그렇게 건강한 삶을 알려주고 싶었다. 그러기 위해서는 무엇보다 내 몸과 마음이 건강해지기 위해 최선을 다해야만 했다.

나는 상담을 받기 전에 보냈던 사연에서, 약을 끊고 싶다는 이야기 외에도 남편의 귀가가 늦어지면 괜히 친구를 찾는 나 자신이 한심스럽기도 하고, 자존심이 없다는 생각까지 든다고 했다. 사연 말미에는 이 불안한 마음을 달랠 길을 알려달라는 이야기도 적어두었다. 정말 그 누구도 아닌 바로 내가 이런 상황을 맞닥뜨릴 때면 어떻게 해야 하는 것인지 궁금했다.

황: 본인이 뭔가를 이야기하고 싶을 때, 또는 갑자기 걱정이 든다든지 할 때 가장 좋은 방법은 하고 싶은 이야기나 걱정되는 걸 노트에 적어보면 돼요.

지영: 혼자 노트에다 쓰면 걱정이 풀릴까요?

황: 노트에 적거나 컴퓨터로 타이핑해도 되는데, 그런 식으로 표현하는 것이 가장 좋은 방법이에요. 무슨 말인지 알겠죠? 그리고 상담을 매주 받을 필요는 없어요. 일주일 후에 받고, 2주일 후에 받고, 그다음에는 한 달 후에 받고, 스스로에 대해 자신감이 생기고 잘해 나가면 3개월 후에 받고, 6개월 후에 받고, 나중에는 1년에 한 번씩만 받아도 되는 상태로 바뀌어 갈 테니까 전혀 두려워할 필요가 없어요. 이해가 되시죠?

지영: 네.

황: 그동안 쌓아둬서 혼란스러웠던 게 너무 많으니까 오늘은 자신을 나름대로 파악하고 표현할 수 있도록 공을 들여서 상담을 했어요. 그래서 에너지 소모가 엄청났을 테니까 여기서 상담을 끝내고, 조금 쉬었다가 오늘 상담을 녹음한 파일을 받아서 다시 한 번 들어보세요. 그러면 더 이해할 수 있을 거예요.

지영: 네, 알겠습니다.

황: 그러면 이후에 일어날 문제들에 대해 걱정하는 거나, 약을 끊고 일어날 모든 일에 대해서도 본인이 하나하나 해결해 나갈 수 있을 거예요.

지영: 네, 오랜 시간 상담해 주셔서 감사합니다.

황: 네, 수고하셨습니다.

뜨겁게 달아오른 휴대폰을 책상에 내려놓았다. 그러자 순식간에 아득해지는 기분이 밀려들었다. 동시에 오늘 아침만 해도 전혀 상상하지 못했던 미소가 부드럽게 피어올랐다. 절대로 완주하지 못할 것 같았던 마라톤을 가까스로 끝맺고 결승점에서 고작 한 발짝 지난 자리에 주저앉아 지난 시간을 온몸으로 느끼고 있었다.

무려 11년을 마음이 아프다면서 병원에 다니고 약을 먹으며 상담을 받았다. 그런데도 지금껏 내 아픔은 전혀 치유되지 않았다. 나 외의 의사와 가족들은 모두 내가 약만 먹으면, 조용히 혼자 견디기만 하면 괜찮아질 것이라 믿었을 테다. 심지어 나 스스로도 그렇게 믿어야 한다고, 믿지 않으면 안 된다고 나를 타일렀다. 늪에 빠진 기분이었다. 누구라도 그 늪에서 구해주길 기대했지만, 자신마저 늪에 빠질까 겁을 내며 아무도 나를 도와주지 못했다. 아니, 도우려 노력은 했지만 나를 구할 수는 없었다. 그 늪이라는 것은 사실 보이지도 만져지지도 않는 나만의 것이기도 했고, 하도 오래도록 나를 사로잡고 있어서인지 어느 날인가부터는 애초에 늪에서 태어난 듯 느껴졌기 때문이다.

그런데 참 오랜만에 빠져나갈 길을 발견한 것 같았다. 황상민 박사와 함께 그 늪이라는 게 도대체 무엇인지, 어째서 남들과 다르게 유독 나만이 늪에 빠져 사는 것인지 정리한 덕분이었다. 그렇게 완주를 마치고 잠시 숨을 고르며 지원이의 돌 사진을 다시 한 번 손에 쥐고 바라보았다.

> " 엄마를 약물에서 구해준 아이 "

지원이를 두고 황 박사가 한 이야기가 귓가에 맴돌았다. 주책스럽게 다시 한 번 눈물이 핑 돌아 코끝까지 뜨거워졌다. 서둘러 이 뜨거움을 어머니에게도, 지원이에게도 알려주고 싶었다. 이제 조금은 방법을 알겠다고, 무섭고 두렵고 불안하기도 하지만, 그래도 무언가 해볼 수 있겠다고 말이다.

베란다 창문 너머 아침나절 내내 어슴푸레하던 하늘이 꽤나 맑게 개어 있었다. 또다시 벽에 걸린 시계로 시선이 갔다. 지원이가 낮잠에 한참 빠져 있을 시간이었다. 꼭 닫힌 안방 문을 가만히 열어보았다. 지원이의 기분 좋은 숨소리가 들렸다. 옆에는 낮게 코를 골며 잠든 어머니가 보였다. 내 볼에 뜨겁게 내린 눈물을 가볍게 닦아보았다.

순간 어머니의 나직한 목소리가 어둠을 깨웠다.

"지영아, 끝났어?"

"응."

"괜찮아?"

"응, 괜찮아."

"다행이네. 너도 여기 와서 한숨 자. 일단은 다 잊고, 푹 자고 일어나자."

나는 그렇게 아이와 어머니의 온기로 가득한 그늘에 들었다. 지원이 양옆으로 어머니와 나란히 누워 꼭 다시 태어날 아이처럼 잠에 빠졌다.

"행복을 얻는 최선의 방안은
현재 느끼는 삶의 아픔,
아픈 마음의 정체를
정확히 아는 데에 있다."

3

당신이 몰랐던 그녀의 속사정

병원을 떠도는 나는
어디가 고장 난 것일까요?

　수험생이었던 나는 수능 당일 참으로 많이 떨었다. 그 결과 가고 싶었고 가야 한다고 믿었던 항공운항과에 낙방했다. 그 대신 혹시나 하는 마음에 써냈던 간호대에서는 합격 통지서를 받을 수 있었다. 항공운항과 불합격에 아쉬워하던 어머니와 달리, 아버지는 간호대에 가는 것이 전문직 여성으로 살아갈 괜찮은 기회라며 나에게 간호대 입학을 적극 추천했다. 마침 나도 다시 수능을 본다는 게 엄두가 나지 않아 별 저항 없이 아버지의 뜻에 따랐다.

　그런데 나는 개강을 코앞에 두고 간호학과에서 마련한 2박 3일간의 오리엔테이션에서 돌아와 이렇게 선언했다.

　"저, 재수하게 해주세요."

　절대 해서는 안 될 말을 한 죄인처럼 그 누구와도 시선을 맞추지 못한 채 고개를 숙이고 앉아 부모님의 대답을 기다렸다. 그런데 눈치도 없이 언니가 끼어들었다.

"야, 김지영! 재수는 고3 때보다 진짜 더 독하게 해야 되는데, 갑자기 무슨 뚱딴지 같은 소리야?"

"…."

"재수 그거 아무나 하는 게 아니라고."

언니의 말이 끝나기 무섭게 어머니는 큰딸의 등을 세차게 때리며 말했다.

"너는 언니라는 게 왜 동생 기부터 죽이려고 그래? 안 그래도 항공운항과 못 보내서 아쉬워 죽겠는데. 그러니 우리 지영이 힘내서 재수도 한번 잘해봐라, 이렇게 응원은 못할망정…."

"아니, 나는 쟤가 고3 때도 여기 아프다, 저기 아프다 난리 쳐놓고서 그걸 1년을 또 하겠다고 하니까…."

한참 어머니와 언니의 대화가 오갔다. 정작 이 대화의 주인공인 나는 더 이상 할 말도, 기운도 없어서 멀뚱히 소파에 앉아 고개만 숙이고 있었다. 점점 높아지는 두 모녀의 목소리에 보다 못한 아버지가 나섰다.

"지영아, 승무원도 간호사만큼 쉬운 건 아니야. 너도 알지?"

"네."

"네가 간호대에서 착실하게 공부만 하면 아버지가 삼촌네 병원이나 송 회장네 병원에서 자리도 알아봐 줄 수 있어."

"…."

대답 없이 그저 눈물만 흘리는 나를 보며 엄마가 답답하다는 듯 말했다.

"아니, 재수해서 항공운항과 가면 되지, 왜 다들 말리기만 해."
아버지가 마침표를 찍듯 말했다.
"지영아, 어쨌든 다시 한번 생각해 봐."

일주일 후, 스파르타 학습법으로 이름난 기숙 학원에 등록했다. 그리고 그날부터 나는 하루 온종일 자리에 앉아 죽어라 문제지를 풀어댔다. 할 수만 있다면 잠도 거르고 문제지를 더 많이 풀고 싶었다. 그 정도 독기를 품어야 입시에 성공할 수 있다는 학원 담임의 이야기를 매일 아침 들은 덕분이었다. 그렇게 공부를 시작한 지 두 달쯤 지났을까. 몸이 좀 이상했다.
처음엔 단순히 감기 몸살인 줄 알았다. 병원에 가서 감기약을 처방받아 먹으며 공부를 이어갔다. 그런데 하루 이틀 시간이 지나자 몸이 붓고, 여기저기서 심상치 않은 통증이 제 존재를 알렸다. 우선 매 끼니마다 소화가 되지 않아 위장약을 달고 살아야 했다. 음식을 가려 먹어도, 위에 좋다는 영양제들을 같이 복용해도 나아지지 않았다. 오히려 시시각각 약이라도 올리듯 심각한 위경련까지 일어났다. 위만 아픈 게 아니었다. 그즈음 양어깨가 짓눌리는 느낌까지 몰려왔다. 마치 화선지를 단단히 눌러둔 문진처럼 묵직한 피로감이었다. 얼마 후에는 또 날개뼈 부근, 허리 아래쪽을 예리한 칼날로 내리 찌르는 듯한 고통에 시달렸다. 그런 몸으로 앉아 있자니 그야말로 고문을 당하는 기분이었다.
재수생인 나에게는 엄청난 비극이었다. 걸핏하면 학원에서 조퇴증을 받아 좋다는 병원을 찾아가 약을 타 먹기도 하고, 주사도 맞아봤지만, 크게 달라지는 건 없었다. 아주 잠깐 나아지는 듯하다가 다시 아픔이 밀려들기를 반복했다. 보다 못한 부모님이 나를 데리고 종합병원에 갔다. 간단한 문진과 몇몇 복잡한 검사들이 이어졌다. 의사들은 호르몬 수치, 염증 수치를 두고 류머티즘과 루프스일 가능성이 있다고 했다. 모두 무시무시한 자가면역질환이라 했다. 그러다 마침내 의사는, 내가 겪은 끔찍한 통증의 정체가 '섬유조직염'이라고 알려주었다.

"섬유조직염도 일종의 자가면역질환이에요. 치료법이 특별히 나와 있진 않고요. 대부분의 경우 시간이 흐르면 자연스럽게 나아진다고 해요."

"자연스럽게 나아진다고요? 우리 애는 너무 아파서 공부도 못하고 있어요, 선생님!"

"그렇죠. 지금 통증을 많이 호소하시니까요. 이런 경우엔 진통제 복용과 함께 신경정신과 진료를 같이 받아보는 게 좋다고 저희는 설명해 드리고 있어요."

"네? 정신과요?"

"네, 지금 느끼는 통증뿐만 아니라 재수 생활을 하면서 받는 스트레스에도 도움을 받으실 수 있을 거예요. 그리고 어머니도, 지영 학생도 알겠지만 요즘 정신과 진료는 부끄러운 일도 아니고요. 그냥 우리가 1년에 한 번 몸을 건강검진 받듯이 마음의 건강검진을 받는다고 생각하시면 돼요."

그렇게 나는 섬유조직염이라는 병을 앓고 있다는 말과 함께 정신과 상담을 권유 받았다. 그리고 얼떨떨한 기분으로 같은 병원 신경정신과를 찾아 '우울증'이라는 진단과 몇 가지 약을 받아 왔다. 도움이 되겠지, 하며 아침, 점심, 저녁 잊지 않고 약을 털어 넣었다. 하지만 스트레스 관리에도 도움이 될 거라던 의사의 설명과는 달리, 약 기운 때문인지 졸음이 쏟아져 공부하기가 더욱 힘들어졌다. 결국 별 고민 없이 항우울제를 포기하고서 아득바득 죽을 각오로 공부했다. 그리고 그 고통스러운 재수 생활 끝에 목표한 ○○ 대학의 항공운항과에 입학하게 되었다.

다들 부러워하는 학교였다. 주변에서는 내가 승무원이 된다니 참 잘 어울리겠다고 했다. 하지만 그 시간은 그리 길지 않았다. 학교생활 자체가 내겐 너무 버거웠다. 조그만 실수도 용납되지 않을 만큼 엄격한 분위기, 그 살벌한 곳에서 나는 매일같이 평가받아야만 했다. 체중 관리, 체력 관리, 매너 공부, 영어 공부를 끝없이 해내야 했다. 교육받는 내내 모두가 한 치의 오차도 없이 아름답게 미소 지으면서 힘든 내색이 없었다. 나만 이렇게 지치는지, 왜 기대에 못 미치는지 날마다 나는 나를 탓했다. 간호학과 오리엔테이션에서 경험한 군기에 치를 떨며 관두었는데, 이곳에서는 그 이상으로 무섭고 지치는 생활이 계속되었다. 승무원이 되려면 이런 시간을 앞으로 더 보내야 한다니 막막했다.

잠시라도 힘들다 하소연을 꺼낼 때면 친구들은 이렇게 받아쳤다.

"야, 솔직히 승무원은 다들 하고 싶어서 부러워 죽을 일인데, 너도 그만 징징거리고 더 참고, 긍정적으로 좀 생각해 봐."

"세상에 거저 얻어지는 건 없다는 거 너도 알잖아."

"그래도 넌 졸업하면 완전 멋지게 승무원 될 텐데, 얼마나 좋냐!"

"뭐? 힘들다고? 요즘 세상에 안 힘든 사람이 어딨어? 너 그거 호강에 겨워서 하는 소리라는 거 몰라?"

내 마음을 알아주고 믿을 만한 사람이라 여겼던 친구들에게서 이런 말이 나왔을 때, 말문이 턱 막혔다. 호강에 겨워 하는 소리라니 그 말에는 딱 죽고 싶은 기분이었다. 힘겹게 재수까지 해서 들어온 마당에, 다들 꾹 참고 잘해 나가고 있는데 나는 왜 이렇게 힘에 부치는지. 그렇게나 하고 싶어 했던 일을 이제는 왜 해야 하는지 기억이 가물거린다. 아니, 애초에 해야 할 이유가 있었나 싶기까지 하다. 정말 죽고 싶었다. 하루에도 몇 번씩, 아파트 옥상에서 뛰어내리면 이 힘든 마음이 사라지지 않을까 생각해 봤다. 그러나 부모님을 생각하면 죄스러운 마음에 죽을 수도, 그렇다고 죽지 않을 수도 없는 상황에서 나는 이 이상한 고통에 하루하루 더 깊이 빠져들었다.

그러던 어느 날, 함께 과제를 하던 친구가 대뜸 면전에 대고 이런 말을 했다. "너는 애가 참 소심하고 뒤끝 있다." 그 성격을 고쳐야 승무원 생활을 할 수 있을 거라고 덧붙였다. 내가 매시간마다 얼마나 안간힘을 다해 겨우 버티고 있는지도 모르고, 어떻게 그런 말을 내뱉을 수 있는 걸까. 며칠을 목 놓아 울면서 속앓이했는지 모른다. 어머니와 언니를 번갈아 붙잡고서 같은 이야기를 되뇌었다. 그런데 다들 하나같이 내가 소심하다고, 그 성격은 고쳐야 한다고 했다. 도대체 무엇을 어떻게 고치라는 것인지, 할 수만 있다면 나도 고치고 싶으니 누가 그 방법 좀 알려줬으면 싶었다. 한참을 서러워 울다가 죽은 듯 잠에 빠져들었다. 갈수록 기운이 빠지고 몸까지 너무 아팠다. 여러 병원을 가봤다. 그런데 갈 때마다 통증 부위는 조금씩 달라졌고, 찾아간 의사 수 만큼의 다양한 병명이 내게 붙었다.

"이건 섬유조직염입니다."

"어지럽다고요? 메니에르병입니다."

"고생이 많으시네요. 과민성 대장염입니다."

"갑상선기능항진증입니다. 약 드시면 괜찮아지니 너무 걱정하지 않으셔도 됩니다."

섬유조직염, 메니에르병, 과민성 대장염에 갑상선기능항진증까지.

한 사람이 몇 개월 사이 이렇게 많은 병을 진단받는 게 가능한 일이었나. 게다가 정신과에 가보란 소리를 또 듣게 되었다. 부모님은 내심 꺼림칙했는지 좀 안다는 사람에게 슬쩍 물어보았다. 그 사람은 우울하고 무기력한 마음이 한결 나아지니 분명 도움이 될 거라 했단다. 어머니는 썩 내키지 않는 듯했지만, 그래도 도움이 된다면야 뭐든 해보자며 나를 타일렀다. 그렇게 나는 어머니 손에 이끌려 신경정신과에 또 한 번 가게 되었다. 어머니는 의사를 앞에 두고 그 어느 때보다 간곡하게 말했다.

"아휴, 선생님, 얘를 좀 고쳐주세요. 학교생활도 잘하고, 적극적으로 지낼 수 있게 고쳐주세요."

"우리 병원에서 진행하는 상담에 참여하시고요, 약도 한번 먹어보지요."

"그러면 얘가 나아질까요?"

"그럼요. 조만간 좋아질 테니까 너무 걱정은 마시고요."

"네, 제발 좀 부탁드려요."

"어머니, 걱정 마세요. 그리고 지영 학생은 기운이 없더라도 오늘은 시간 좀 내서 검사지 작성하고 가요."

"네."

그날 이후로 나는 조울증 약을 먹고, 상담을 받아야만 했다. 본격적으로 신경정신과 환자가 된 셈이었다. 첫 상담에서 의사는 나의 거의 모든 문제가 자존심이 너무 강해서 발생한 것이라고, 대범하지 못한 건 타고난 성격이라 어쩔 수 없으나 그 부분 역시 연습하다 보면 차츰 견딜 만할 거라고 했다. 그러나 안타깝게도 내 아픔은 크게 줄지도, 사라지지도 않았다. 단지 약에 취한 듯 잠이 부쩍 많아져서 그나마 짜증내거나 자책하는 시간이 조금 줄었을 뿐이었다.

결국 이번에도 아버지가 나섰다. 병든 닭처럼 시들거리는 나에게 승무원이 죽어도 싫다면 차라리 편입을 해보라고. 그래서 나는 또다시 죽을힘을 다해 학점 관리와 영어 공부를 해서 서울의 한 사립대 영문학과에 들어가게 되었다. 그제야 숨을 좀 쉴 수 있겠다 싶었다.

조울증 환자
김지영입니다만

'툭투두두둑.' 소화제 뚜껑이 바닥에 떨어져 굴렀다. 언뜻 물기 하나 없이 깨끗한 싱크대가 보였다. 조금 잠잠해졌나 싶었던 어머니와 언니의 잔소리가 매섭게 나를 향했다.

"아니, 온종일 굶은 애가 무슨 소화제야?"

"다이어트 한다고 할 땐 언제고, 아까 나가서 뭘 먹고 왔나 본데."

나는 맥없이 두 모녀의 대화에 슬며시 끼어들었다.

"아무것도 안 먹었어."

"아니, 그런데 소화제가 왜 필요해?"

"…."

"으이구, 먹어도 탈이고 안 먹어도 탈이고. 그 좋은 항공과 다닐 때만 해도 몸매 관리는 알아서 잘하더니 이놈의 영문과에 와선 살도 찌고 피부도 상하고 도대체 뭐가 문제야, 뭐가?"

어머니와 언니의 살벌한 입씨름에 더는 답을 하지 않았다. 그 대신에 가슴이 갑갑해서 두드리고 있던 손이 머쓱해져, 저 멀리 떨어진 소화제 뚜껑을 슬쩍 집어 들었다. 그러고는 잠시 소화제 뚜껑을 닫아둘까 망설이다, 결국 그들의 시선에 못 이겨 한입에 소화제를 털어 넣고 말았다. 그 몹쓸 대화를 어떻게든 삼켜보겠다는 마음으로.

  잠시 후, 거실에 앉아 채널을 이리저리 돌리는데 갓 지은 밥 냄새가 코끝에 닿았다. 분주히 주방을 오가던 어머니가 내게 밥을 푸라기에 군말 않고 전기밥솥을 열었다. 그 순간 처음으로 밥 냄새도 역할 수 있다는 사실을 알게 되었다. 울컥 올라오는 구역질을 참지 못해 입을 틀어막고 화장실로 뛰어 들어가 토악질을 했다. 세상이 빙빙 도는 것만 같은 것이, 빈속에 정신과 약과 소화제만 먹은 탓일까 싶었다. 변기를 부여잡고 한참을 앉아 숨을 고르는데, 화장실 문 너머에서 당황한 어머니의 목소리가 들렸다.

  "지영아, 괜찮아? 얘가 진짜로 체했나? 은영아, 손이라도 따보게 바늘 좀 찾아와."

  "…."

  이튿날, 갑갑한 가슴을 두드리다 집 근처 내과를 찾았다. 할아버지뻘 되는 의사를 앞에 두고 축 늘어진 목소리로 호소했다.

  "저, 속이 너무 안 좋아요."

  "어떻게 안 좋나요?"

"쓰리고, 갑갑하고, 가끔씩 칼로 찌르듯 아프기도 해요. 그리고 어제는 밥 냄새를 맡으니까 너무 울렁거려서…."

"아, 그래요? 밥 냄새에? 혹시 임신 가능성이 있나요?"

"아뇨…."

"밥 냄새가 울렁거린다. 그런데 임신은 아니고. 일단 위장약 좀 챙겨줄게요. 먹어보고 계속 안 좋으면 다시 방문해서 내시경 한번 받아보세요."

"네, 그런데 처방해 주신 약을 조울증 약과 같이 먹어도 괜찮을까요?"

어느 병원을 가도 마지막 단계에는 조울증 약과 관련해 똑같은 질문을 하게 되었다. 덕분에 안정제를 제외한 위장약을 잔뜩 받아 온 나는 방 안에 들어와 책상 서랍 하나를 열었다. 이비인후과, 피부과, 내과, 신경정신과라 적혀 있는 약 봉투와 갖가지 영양제, 그리고 종류를 헤아리기 어려울 만큼 수많은 상비약.

언젠가 언니가 샤프심을 찾겠다며 내 서랍을 열었다가 약으로 가득한 서랍을 보고서는 나더러 '건강염려증 환자에다 종합병원'이라는 말을 했다. 그날 나는 처음으로 언니에게 불같이 달려들어 화를 냈다. 왜 남의 서랍을 뒤지고, 또 언니가 뭔데 나에게 환자라고, 종합병원이라 부르느냐고 따졌다. 그 사건 이후, 나는 언니와 약 3개월을 말도 섞지 않았다. 그리고 약을 넣어둔 서랍을 열쇠로 잠궈버렸다. 물론 삼시 세끼 약을 챙겨 먹을 때마다 열쇠로 서랍을 열어야 하는 불편함이 있기는 했지만, 그래도 그것으로 마음의 평화를 얻었다. 숨기고 싶은 마음에다가 자물쇠를 채우듯이.

서랍에도, 마음에도 자물쇠를 채우고 사는 나에게 편입생으로서의 생활이 쉬울 리가 없었다. 넓은 강의실에서 그나마 목례라도 하는 친구가 생겨 다행이었다. 사실 친구라 부르기도 면구스러웠다. 어쨌든 졸업은 반드시 해야 한다는 생각에 꾸역꾸역 수업에 참석했다. 또 이전에 상담을 받던 병원 치료를 그만두고 새로운 신경정신과로 병원을 옮겼다. 의사가 꽤나 친절하고 다정하다고 어머니의 친구가 추천한 덕분이었다.

"지영 씨, 그동안 어떻게 지내셨어요?"

"그게…."

어머니 연배의 여의사는 답을 재촉하지 않았다.

"괜찮아요. 천천히 이야기해도 얼마든지 괜찮아요."

그녀의 따뜻한 목소리와 온화한 눈빛 덕분에 환자들이 많다고 들었다. 정말 신기하게 이 의사 선생님 앞에서는 무엇이든 말해도 혼나거나 평가받지 않을 거라는 생각이 들었다. 어디서부터 말을 해야 하나 고민하다가 지난주 내내 끙끙 앓던 이야기를 마침내 입 밖으로 꺼냈다.

"선생님, 저는 사는 게 왜 이렇게 힘들까요?"

정말 나를 괴롭히는 질문이었다. 그 말을 던지고는 잠시 침묵했다. 더 이상 무슨 말을 이어야 할지 몰랐다. 그렇게 잠시 숨을 고르다 입을 열었다.

"다른 사람들은 다 너무 쉽게 잘 해내는 것 같아요."

"아뇨, 그렇지 않아요, 지영 씨."

다시 적막이 진료실을 가득 채웠다. 괜스레 손목 시계를 만지작거리다 거듭 말했다.

"저만 잘 못하는 것 같아요. 저만 바보 같아요."

"지영 씨가 지난주엔 힘든 일이 많았나 보네요. 다른 사람들 말고, 지영 씨가 중요해요. 그러니까 다른 사람들 생각은 말고 지영 씨가 오늘 어떤지 이야기해 볼래요?"

"오늘도 힘든 것 같아요."

"얼마나요?"

"지난주와 비슷하게요."

"그렇군요. 그럼 얼마나 힘이 드는지, 1부터 10중에서 어느 정도인지 말해볼 수 있겠어요?"

"음…, 8정도?"

"그렇군요. 그런데 지영 씨, 원래 삶이라는 게 365일 중에 아주 행복한 날은 열 손가락 안에 꼽히고, 아주 불행하고 힘든 날도 마찬가지예요. 나머지 대부분의 날들은 평범하고 무던하게 흘러가는 게 인생이에요. 그러니까 오늘 너무 힘들어도 금방 또 괜찮아질 거예요."

다행인지 불행인지, 버릇인지 습관인지 구분하기는 어려웠다. 열흘에 한 번 길어야 15분이었지만, 속상한 일이 생길 때도 특별한 일이 없을 때도 그곳으로 달려가 선생님의 위로와 응원을 받고 계속해서 약을 먹었다. 그리고 기적처럼 대학도 졸업했다. 어쨌든 나는 한없이 자애로운 의사 선생님 앞에서 끝없는 우울감, 극도의 불안감 그리고 아주 가끔씩은 무엇이든 다시 할 수 있다는 기대와 열정에 대해 요란스럽게 떠들어댔다.

그런 내가 이해되기도 하고, 이해되지 않기도 했다. 그래서 그 혼란을 다시 정신과에 가서 털어냈다.

"선생님, 저 다시 승무원이 되고 싶은 마음이 생겼어요. 부모님이 이해 못하시겠죠?"

"아뇨, 그게 뭐가 중요해요. 지영 씨가 하고 싶은 마음이 중요한 거지. 부모님께는 잘 설명드리고 한번 다시 도전해 봐요. 승무원 학원도 있잖아요. 과거 학교 경험도 있고 하니까 스스로 하고 싶다면 좋은 생각인 것 같아요. 지금처럼 영어 학원에서 아이들만 가르치기에는 너무 아깝잖아요. 안 그래요?"

아주 잠깐이었지만 승무원이라는 직업에 미련이 남아, 영어 학원에서 파트타임으로 일하며 승무원 학원에 등록했다. 그러고 얼마 지나지 않아 다시 한번 승무원의 꿈을 접었다. 학원에서 다시 마주한 욕심 많은 지망생들, 그들과 경쟁해야 한다니 하루가 다르게 부담이 커지고 힘에 부쳐서 조용히 살고 싶다는 생각이 나를 흔들었기 때문이었다.

스물여덟이 되던 해, 미국에서 유학 중이던 대현 씨를 아버지의 소개로 만났다. 그때까지만 해도 나는 남자라면 피곤하게만 느껴졌다. 그런데 인연이었을까. 처음에는 아무 감정도 동요하지 않았는데, 어느새 참 똑똑하고 자상해 보이는 남자가 제법 마음에 들기 시작했다. 더욱이 매일같이 내가 좋다고, 평생을 아끼며 살겠다고 꽃을 들고 나타나니 이 남자가 진짜 나의 반쪽이자 운명인가 싶었다.

대현 씨는 유학이 끝나는 1년 후에 결혼하자고 했다. 그런데 미국에 돌아갔던 대현 씨가 내가 그리워 도저히 안 되겠다며 다시 한국으로 들어왔다. 그러고는 내 앞에서 무릎을 꿇고, 그 누구에게 자랑해도 부러움을 살 만큼 달콤하게 청혼했다. 소식을 전해 들은 아버지는 적극적으로 나서서 부리나케 상견례 날짜를 잡고, 결혼식을 추진했다. 마치 결혼의 주인공이 당신인 듯 두 분이 손발을 맞춰 모든 일이 신속하게 진행되었다. 그리고 우리 두 사람은 식이 끝난 뒤 함께 유학길에 올랐다.

사실 뭐가 뭔지 하나도 모르는 채 결혼 생활이 시작되었다. 하필 미국에서 시작하게 되어 더 어수선하기도 했다. 어찌 되었든 내가 영문과를 나온 덕에 생활 영어 정도는 무난히 하며 꽤나 자유롭게 지낼 수 있었다. 그래도 정신과 약은 계속해서 먹어야만 했다. 함부로 끊었다간 고약한 상황이 발생할 수도 있다는 의사의 경고를 수차례 들었기 때문이었다. 고약한 상황이라 함은 단순한 우울감이나 무기력감을 뜻하는 것이 아니었다. 때때로 물건을 과하게 사거나, 나도 모르게 완전히 다른 사람이 된 듯 화를 내는 것을 의미했다. 다행히 미국에서 유학생 남편을 기다리는 삶은 왠지 소꿉놀이처럼 느껴지기도 해서 큰 문제는 없었다. 그저 대현 씨

몰래 매일 아침, 저녁으로 약을 챙겨 먹어야 하는 것이 살짝 번거로울 뿐이었다. 그래서 공부하느라 고생하는 대현 씨의 영양제를 챙겨주며, 나도 여성용 영양제를 먹는 척했다.

　1년 후 한국으로 돌아왔다. 아버지의 도움으로 친정 근처에 아파트를 구해 신혼 생활을 이어갔다. 그리고 서른에 나는 임신을 준비하며 무려 9년이나 먹던 정신과 약물을 완전히 끊어보았다. 그렇게 약을 끊고 딱 4개월 뒤 임신을 했다. 감사한 일이었다. 하지만 그 마음은 오래가지 못했고, 출산하기까지 아홉 달의 기간 동안 나는 참 요란하고 유별나게, 또 예민하게 그 낯선 상황을 견뎌야만 했다. 그리고 마침내 내 큰 눈망울을 쏙 빼닮은, 사랑스런 딸 지원이를 낳았다.

"어떤 변화가 있더라도
담담하게 받아들이면서
내 삶은 나름대로 의미가 있고
내 삶을 스스로 만들어 간다는 마음을
갖는 것이 중요하다."

4

상담실에서 만난 아이 엄마 김지영

'내 마음의 주인'이 되려는
김지영

　지난밤 언니는 가족 단톡방에 산후우울증과 관련된 기사들을 공유해 주었다. 나에게 힘을 내라고, 이 시기만 지나면 좋아질 거라는 응원의 말도 덧붙였다. 언니가 보낸 몇몇 기사들이 겉보기에는 내 상황과 크게 다르지 않은 듯했다. 기사 속 인물들은 모두 아이를 낳고서 달라진 삶과 양육의 어려움에 대해 말하고 있었으니 말이다. 하지만 이제는 그들도 나도 남모를 속사정이 있다는 것, 언뜻 비슷한 이야기 같아도 아픈 마음의 모양이 분명 서로 다르다는 것을 어느 정도 헤아리게 되었다. 첫 번째 상담 녹음 파일을 적어도 하루에 한 번은 들으며 운동도 하고 일기도 써본 덕분이었다.

　첫 상담 이후 한 달 하고도 보름 만에 두 번째 상담을 진행하기로 했다. 이번에는 전화 상담이 아니라 황상민 박사의 심리상담소에 직접 방문하기로 했다. 집 밖을 나서는 것도, 서울 나들이도 기대가 될 만큼 컨디션이 나아졌기 때문이다. 대현 씨는 나를 위해 하루 휴가를 내고 운전수 역할을 자청했다. 이른 아침부터 지원이를 어머니에게 맡기고 서둘러 외출하자고 했다. 그러면 상담 예정 시간보다 적어도 한 시간은 이르게 도착할 것 같았다. 나는 어찌 된 일인지 궁금해 물었다.

"오빠, 상담 시간에 맞춰 가도 되는데, 왜 이렇게 일찍 나가? 우리 천천히 가면 안 돼?"

"아, 그게…, 어디 괜찮은 카페에 들러서 커피라도 한 잔 하면 좋잖아. 예전처럼 데이트하는 기분도 날 것 같은데, 별로인가?"

그 말에 대현 씨와 연애할 때가 떠올라 빙긋 웃었다.

잠시 후 우리 부부의 눈에 찬란하게 반짝이는 한강이 들어왔다. 오랜만에 보는 광경이었다.

"참 예쁘다. 그치?"

"그러네. 지영아, 나 궁금한 게 있는데, 심리상담이라는 건 정신과 상담하고 뭐가 달라?"

"아…, 정신과에 가면 나는 매번 '약을 먹어야 하는 환자'라는 느낌만 들었는데, 여기서는 '내가 내 마음을 몰랐구나' 하는 생각을 하게 돼."

"…."

대현 씨는 무어라 답을 해야 할지 몰라 망설이는 표정 끝에 다시 말을 이어 갔다.

"그럼 오늘은 상담 사연을 어떻게 적었어? 어떤 고민이 있는지, 특별히 궁금한 게 뭔지…. 아니다. 괜한 질문을 했네. 말 안 해줘도 돼."

"아, 다른 건 뭐 다 아는 이야기고, 이번에는 내가 나중에 글을 쓰고 싶다고 적었는데⋯. 오빠, 내가 어릴 때 미술도 좋아하고 글쓰기도 잘했다고 이야기했던가?"

"아니, 그런 얘긴 처음 듣는데."

"그랬나? 나 어릴 적에 미술도 작문도 다 좋아했어. 종종 글쓰기 대회에 나가서 상도 받았고."

"정말? 그럼 우리 지원이도 지영이 널 닮아서 그림도 좋아하고, 글도 잘 쓰겠다. 그치?"

"음, 그러면 엄청 좋을 거 같아. 한번 박사님께 여쭤보려고. 나 글을 써보고 싶은데 잘 쓸 수 있을지, 어떻게 해야 글을 쓸 수 있을지, 뭘 쓰는 게 좋을지."

"그런 것까지 알려주셔?"

"응, 모르시는 게 없다니까. 아, 그리고 오빠, 오늘 같이 와줘서 고마워요."

우리는 카페에 들러 가볍지만 다정하게 커피를 마시고는 상담소에 무사히 도착했다. 그리고 대기실에서 대현 씨와 인사를 나누었다.

"오빠, 조금만 기다려 줘."

"응, 잘하고 와."

나는 살며시 미소를 짓고 돌아서서 직원의 안내에 따라 상담실 앞에 섰다. 똑똑똑. "네."라는 대답에 문을 조심스레 열어보았다. 황상민 박사가 인자한 얼굴로 나를 맞아주었다.

황: 안녕하세요, 지영 씨. 전화로만 이야기하다가 오늘은 이렇게 뵙게 됐네요.

지영: 네, 안녕하세요, 박사님.

황: 어떠세요, 지금 상태는?

지영: 음…, 조금 답답한 마음은 있는데, 그래도 잘 지냈어요.

황: 네, 아주 잘하셨어요. 이렇게 규칙적인 생활을 하기 시작한 게 지난번 상담 이후로 한 번도 빠지지 않고 쭉 진행되는 것 같나요?

지영: 네.

황: 그럼 지금까지 어떻게 생활했는지 한번 이야기해 보시겠어요?

지영: 10시 반에서 11시쯤 아이와 같이 잠들고, 전에는 새벽 2시 반쯤에 깼는데 지금은 5시 반까지 자요. 일어나면 일기를 쓰고, 6시 반쯤에는 남편에게 아침을 차려주고, 또 아기가 일어나기 전까지, 한 8시까지 또 일기를 쓰고 생각해 봐요. 그리고 9시 반이 돼서 아이를 어린이집에 보내고 나면, 한 시간 정도 누워서 쉬다가 걸으러 나가고….

황: 밖으로 나가서는 얼마나 걸어요?

지영: 한 30분에서 1시간 정도 걸어요. 뛰지는 못하겠고요.

황: 그럼 엄마하고 같이 나가세요?

지영: 아니요, 혼자서 걸어요. 다시 들어와서는 쓰고 싶은 게 있으면 쓰고, 아니면 유튜브로 영화 리뷰 같은 것도 보고요. 그러고 나면 시간이 금방 가서 아이가 어린이집에서 올 때가 되니까 아이 데려오면 어머니와 같이 아이를 봐요.

황: 그다음에 저녁을 먹고, 남편은 보통 몇 시에 오나요?

지영: 7시 반쯤에 와요. 남편이 아이를 돌봐주면 저는 또 방에 들어가서 생각하고 쓸 거 있으면 쓰고요. 10시 좀 넘으면 피곤해서 누워있고, 아이와 남편을 불러서 들어오면 바로 잠들어요. 제가 좀 더 부지런해져야 간식도 사다 놓고 할 텐데….

황: 맞아요. 완전히 회복하려면 3개월에서 6개월 정도 걸리니까 한 6개월 정도는 지금의 생활을 유지해야 될 거예요. 그리고 지금 저에게 이야기했듯이 매일, 예를 들면 어제 내가 몇 시에 일어나서 어떻게 생활을 하고, 어떻게 자서 오늘 아침이 되었다는 것을 기억나는

대로 아주 자세하게 쭉 적는 거예요. 매일 산책하는 시간을 갖는 것처럼 하루를 정리하는 시간을 꼭 보내야 돼요. 왜 그래야 할까요?

지영: 약 때문에 기억이 잘 안 나서 그럴까요?

황: 아니요, 지금 본인은 약을 안 먹고 있잖아요. 약을 안 먹기 시작한 건 얼마나 됐죠?

지영: 한 달 됐어요.

황: 그렇게 약을 안 먹는 동안에 '약을 안 먹으면 재발한다는데 어떡하지?' 하는 두려움과 걱정은 있죠?

지영: 네, 그래서 대비를 해야겠다 생각해요.

황: 그런데 '약을 안 먹으면 재발한다'는 것은 실제로 그렇지 않아요. 누군가가 본인에게 심한 이야기를 한다든지 하면 나도 모르게 이전에 했던 행동이 다시 나오게 되는 것뿐이에요. 지금은 비교적 규칙적인 생활을 하고 계시잖아요. 그런데 주위에서 이상하게 반응한다든지, 혼자 갑자기 자책하면서 '내가 이상한가 봐, 이렇게 살면 안 되겠다'는 생각이 들면 본인도 모르게 규칙적인 생활이 망가져요. 이전에 본인만 뭐가 딴 생각을 한다거나 이상하고 혼란스럽다는 느낌을 받

은 적 있죠? 그 느낌이 갑자기 확 몰려오게 돼요.

지영: 이전에 상처받았던 것이 반복될 때 말씀이죠?

황: 그렇죠. 그런데 이게 아주 뚜렷하게 기억나는 게 아니라, 어떤 때는 이상한 소리가 들리는 것 같기도 하고, 속이 너무 괴롭기도 하고, 몸이 어디가 아픈 것 같은 느낌이 들기도 하고 이런 식으로 나타나거든요. 그동안 본인이 겪었던 여러 가지 순간순간의 기억이나 아픔, 이런 느낌들이 막 생길 때가 있을 텐데, 이럴 때 본인은 '재발했다'는 생각이 드는 거예요.

　이렇게 본인의 규칙적인 생활이 무너질 때 어떤 문제가 발생하냐 하면, 가장 먼저 자책을 하게 돼요. 이게 본인에게는 가장 안 좋은 건데, WPI 프로파일을 보면 '현실'과 '이상'이 서로 흐트러져 있고, 본인이 엄청 다운되어서 아무것도 안 하고 지냈던 것을 알 수 있거든요. 내가 이래야 된다, 이렇게 돼야 한다면서 자책하고 자신을 몰아세우려는 마음, 자신이 뭘 하는 사람인지 모르겠고 그냥 무작정 무기력하게 또는 편하게 지내고 싶은 마음밖에 없어요. 전체적인 심리 상태가 완전히 혼란스럽고, 이런 모습을 다른 사람이 봤을 때는 진짜 아무것도 안 하고 그냥 널부러져 있다고 느끼게 되는 거예요.

지영: 네.

황: 구체적으로 본인의 심리 상태를 보면서 이야기해 보도록 할게요. 이것은 1월의 심리 상태인데, 비교적 자신에게 주어진 것을 본인이 잘하면서 살고 싶다는 것을 나타내요. 한편 남들이 뭐라고 하든 내 길을 가야지 하는 심리도 갖고 있고요.

다음으로 지금 2월은 조금 불안정한 상태인데, 우선 본인은 이렇게 안정된 상태의 사람이 되는 것을 이상적으로 생각하고 있어요. 그런데 현실적으로는 약간 혼란스러운 상황에 있고, 한편으로는 뭔가 자기 고집대로 하고 싶다는 마음도 있어요.

그래도 지금의 프로파일을 보면 이전의 프로파일에 비해서 본인이 조금 안정됐다고 느낄 수 있어요. 스스로 이상적으로 생각하는 것과 현실의 셀프가 아이디얼리스트와 거의 일치하는 상태가 되었으니까요. 정서적으로 혼란스럽거나 하는 부분이 전보다 조금 나아지기는 했지만, 아직도 여전히 불안하거나 예민한 부분은 있어요. 그 대신 지금은 규칙적인 생활을 해 나가고 있기 때문에 이전보다는 훨씬 자기가 뭘 어떻게 하고 있다는 것을 아니까 좀 더 안정된 상태라고 할 수 있는 거죠.

첫 상담을 할 때만 해도 나는 불안과 혼란 속에서 갈피를 잡지 못했다. 그런데 그간 규칙적으로 생활하려 한 노력에 대한 보상인 듯 점차 마음이 평안해졌다. 그리고 보면 황상민 박사의 '규칙적인 운동'이라는 솔루션은 언뜻 단순한 처방처럼 보이지만, 너무도 혼란하고 위태로운 상황에서 엄청난 위력을 발휘하는 것 같다. 그것이 내 삶의 토대를 단단히 다지는 데에 얼마나 중요한지 알 수 있었다.

황: 그리고 조금 더 현실감이 생겼어요. 예전에는 리얼리스트가 완전히 바닥 수준이었는데, 여기 조금 더 올라온 것을 보면 전보다는 상태가 좀 좋아졌어요. 그리고 무엇보다 본인이 자기 생활을 어느 정도해 나가고 있으니까요. 본인이 매일 그냥 아무것도 못하고 누워 있는 게 아니라, 밥을 차려주는 일부터 시작해서 아이를 돌보고, 산책도 하고, 일기도 쓰고 한다는 것 자체가 적어도 자기 생활 관리는 스스로 할 수 있다는 생각이 든다는 거죠. 그렇게 지내니까 부모님이나 주위 사람들은 본인에게 어떻게 반응하는 것 같나요?

지영: 제가 하는 말도 좀 경청해서 진지하게 듣는 것 같고, 제가 편안해 보여서 좋대요.

황: 그렇죠? 그런데 아버지나 남편은 본인이 약을 끊었다는 것을 모르고 있죠? 그리고 본인은 약을 끊은 것 때문에 혹시 재발하지는 않을까 두려움이나 불안 같은 것을 느끼고요?

지영: 그런데 일기를 쓰면서 조금씩 줄고 있기는 해요. 하루하루를 돌아보면 화가 난 것도 풀리고요. 그래서 그렇게 순간순간 나를 잘 잡으면 되지 않을까 하는 자신감이 생겼어요.

황: 네, 훌륭해요. 남편은 본인이 아직도 약을 먹어야 된다고, 병원에 가야 된다고 그렇게 이야기하나요?

지영: 약 먹고 있냐고 물어봐서 먹고 있다고 했어요. 남편은 '상담은 이번 주고 병원은 다음 주지?' 이렇게 물어봐요.

황: 실제로 본인은 약을 안 먹고 있었는데 말이죠. 그럼 오늘 남편에게 본인이 지난 한 달 동안 약을 안 먹고 있었다는 이야기를 할 수 있을까요? 아니면 내가 해줄까요? 어떻게 생각하세요?

지영: 계속 생각해 봤는데, 어떻게 해야 할지 저도 잘 모르겠어요.

황: 모르겠죠. 그런데 문제는 병원에 가면 의사는 약을 먹었기 때문에 좋아졌다고 이야기할 거라는 것이죠. 누가 봐도 한 달 사이에 얼굴도 좋아지고, 행동하고 생활하는 것도 좋아졌다는 것을 분명히 알 텐데, 대부분의 사람들은 '저 사람이 약을 먹어서 좋아졌구나' 이렇게 믿을 거예요.

지영: 근데 약을 끊은 걸 알게 되더라도 약효가 두 달까지 간다고들 하니까 그 약효가 남아 있기 때문이라고 이해할 것 같아요.

황: 원래 그 약이 본인에게 어떤 효과를 냈는지 한번 생각해 보세요.

지영: 효과가 있었다기보다 너무 힘들었어요. 앞도 잘 안 보여서 일기를 쓰거나 블로그에 글을 쓸 때도 엄청 불편했거든요.

황: 맞아요. 잘 안 보이고. 사실 약의 영향으로 인해서 본인이 정상적으로 사고하거나 행동할 수 없게, 더욱 병자처럼 지내게 되었는데 말이에요. 그런데 본인이 약을 끊고 나서는 지금 비교적 정상적으로 생활하고, 본인이 원하는 대로 지낼 수 있게 됐잖아요. 그런데 병원에서나 의사는 이런 상황을 두고 마치 약의 효과 때문인 것처럼 희한한 이야기를 해요. 뭔가 안 맞잖아요.

지영: 병원에서는 그냥 제 능력의 70%를 발휘하며 살면 재발이 없을 거라고 얘기하더라고요. 그런데 약을 먹으면 제 능력의 20%도 안 나오는 것 같아요. 정신적인 능력은 차치하더라도 육체적인 능력이 너무 떨어지니까 아기 옆에 가만히 앉아 있기도 너무 힘들어요. 제 몸은 분명 가만히 있는데 막 흔들리는 것 같고, 뒤로 넘어질 것 같고. 그래서 하루 종일 누워 있어야 돼요.

황: 그러게요. 약을 먹을 때는 그런 상태로 지냈는데, 약을 안 먹은 지난 한 달 동안 본인이 조금은 살 것 같고 정상적인 생활을 한 것 같다는 말이죠?

지영: 네, 조금 더 지나면 더 나아질 것도 같아요.

황: 그럼요, 더 지나면 더 나아질 거예요. 그래도 앞으로 한 달 정도 더 약을 안 먹고 지내면 어떻게 될까 하는 불안감이 있을 수 있고, 걱정될 수 있어요. 그래서 본인이 지금 생활하는 스케줄을 그대로 유지하면서, 운동이나 산책하는 시간을 30분이나 한 시간 정도 늘리면 좋을 거예요. 그리고 본인이 일기를 쓰거나 할 때 매일 몇 시에 일어났고, 그때부터 무슨 일이 있었는지 기억나는 것을 전부 세세하게 적어보세요. 어제나 그제나 다 똑같았다 하더라도 꼭 똑같은 기록이 나올 수는 없어요. 조금이라도 뭔가 다른 게 있거든요.

지영: 네. 블로그에 글을 쓸 때도 똑같이 쓴다고 썼는데, 한 문장을 가지고서도 조금씩 다른 생각을 하게 되더라고요. 좀 더 정돈된 생각을 하게 되는 것 같아요.

황: 그렇게 본인에 대해 쓰면 쓸수록 자기 자신을 좀 더 분명히 인식하게 되고, 본인이 혼란스러운 상황에 빠지지 않게 돼요. 이제 알겠죠? 때때로 충동적으로 '내가 왜 이러나' 싶은 느낌이 들면, 다른 행동을 하기 전에 잠깐 멈추고 그 감정을 글로 다 써두세요. 울고 싶거나 너무 무섭거나 할 때도 일단 글로 써놓으면, 그 감정 자체에 대해 자책을 훨씬 덜하게 되고 두려움도 덜해지거든요.

오랜 세월 먹었던 약을 끊는다는 것은 내가 그토록 바라던 일이었다. 하지만 완전히 끊어내는 데에는 약물에 기대어 살아온 세월의 무게 이상으로 의지가 필요했다. 나한테 오지 않을 미래 같았다. 그래서 황상민 박사는 내가 약을 먹지 않는 중에 나를 덮쳐올 불안을 줄이기 위해 규칙적인 일과와 운동을 계속해서 강조했다. 그리고 언제든 마음이 불안하고 혼란스러워지면 그 모든 마음을 꺼내 글로 적으라고 조언했다. 그렇게 한 줄 한 줄 적다보면 두려움도, 불안감도 조금씩 낮출 수 있다고 말이다.

지영: 사실 지금 제가 약을 먹고 있지 않다고 얘기하는 것도, 얘기를 안 하고 있는 것도 불안했어요. 얘기했을 때 벌어질 상황도 불안했고요. 그런데 지금은 마음이 조금 편안해졌어요. 일단 제가 지금 겪고 있는 상황 자체가 더 힘들기 때문에 얘기를 해서 어떤 일이 일이나디라도 괜찮다, 가장 우선은 내가 약을 먹지 않아야 된다는 생각이 들어요.

황: 맞아요. 그런데 남편은 왜 지영 씨가 약을 먹기를 원하고 또 그러기를 기대할까요?

지영: 약을 먹으면 아내로서 평균적인 모습을 보여줄 수 있다고 생각해서인 것 같아요.

황: 그런데 정작 남편이 경험한 것은 약을 먹을 때 그렇지 않은 모습을 볼 수밖에 없다는 거였잖아요. 그리고 지난 한 달 동안에는 오히

려 약을 안 먹으면서 아내로서 평균적인 모습을 보여줬는데, 여전히 미흡하다고 생각할까요?

지영: 조금 미흡하기는 해도 괜찮다고 생각하고 있을 것 같아요.

황: 그렇다면 남편분은 아내의 모습에서 왜 차이가 나타났는지 모른다는 얘기가 되겠네요?

지영: 네. 저번에 한동안 약을 안 먹었을 때 제가 물건을 많이 사는 부분은 이해를 못했지만, 그래도 생활은 잘한다고 생각했던 것 같아요. 그런데 그렇게 약을 안 먹고 있다가 '재발'하는 모습을 보여주게 돼서…, 지금도 약을 안 먹고 있다고 하면 몇 개월 뒤에 '재발'할 수도 있지 않겠냐고 할 것 같아요.

황: 그런데 본인이 충동적이거나 발작적인 행동을 하는 것은 단순히 약을 먹느냐 안 먹느냐의 문제가 아니잖아요. 본인이 대학교에 들어가서, 혹은 고등학교를 다닐 때부터 자기 생활을 해나가면서 좌절감을 느낄 때, 자기가 뭘 해야 될지 모르는 혼란스러움이나 무기력감을 느낄 때, 극단적으로 본인이 위축되고 불안해져서 거의 꼼짝 못하는 상황이 될 때 아무것도 못하게 되는 상황이 일어났기 때문인 거죠. 그건 언제나 마찬가지였기 때문에 항상 본인이 자신의 생활을 스스로 어떻게 바라볼 수 있는가 하는 것이 핵심 문제이지, 약을 먹느냐

안 먹느냐는 전혀 이슈가 아니라는 거예요. 그런데 남편은 그런 것을 전혀 모르는 상태에서 약을 먹었나 안 먹었나로 판단하고 있으니….

지영: 참 답답하고, 어떨 때는 무섭기도 해요.

나는 한 달 째 정신과 약을 끊고 규칙적인 일상을 유지하며 내 생활을 해내고 있었다. 그러나 엄마를 제외한 가족 모두는 내가 약을 계속해 먹기를 바랐다. 약을 먹어야만 내가 발작적인 행동을 하지 않을 것이라 믿기 때문이었다. 내가 힘든 상태에 빠지는 어떤 이유를 약이 알아서 처치해 주기를, 그런 마법 같은 일이 일어나기를 소망했던 걸까. 내가 고통을 겪느냐 마느냐는 약을 먹느냐 마느냐와 전혀 관련이 없다는 것을 나는 알겠는데. 애초에 내가 겪는 아픔이 무엇인지 몰랐던 것처럼, 나의 아픔과 약물은 아무런 상관이 없음을 그들은 알지 못했다. 도대체 이럴 때 어떻게 해야 할까 궁금했다.

황: 왜 무섭다고 느끼게 될까요?

지영: 상담 전에는 저에게 약을 강제로 먹일 수도 있겠다고 생각했는데, 지금은 약을 안 먹으면 이혼하겠다고 얘기하거든요. 심지어는 '너 때문에 정말 힘들 때는 자살하고도 싶었다. 그렇다고 이혼하면 네가 방치될까 봐 차마 이혼을 할 수도 없다.' 이렇게 이야기를 하니까요.

황: 그렇군요. 남편도 불안하고 이 상황을 정확하게 이해하기 힘드니까요. 남편은 약을 먹으면 모든 문제가 해결될 거라는 믿음에서 자기 생각에 따르도록 약간 위협하듯이 이야기하는데, 그렇게 행동하는 것이 사실은 효과도 없고 어쩌면 역효과를 낼 수도 있잖아요. 남편이 아직 그런 부분에 대해서는 이해를 못하시는 것 같네요. 그렇죠?

지영: 네, 전혀 몰라요.

황: 네, 그렇죠. 일단 지금까지 이야기한 것들에 대해 정리를 해볼게요. 우선 약을 먹지 않은 채 몇 개월이 지나면 혹시 재발하지 않을까 하고 불안해하는 것은 그럴 필요가 없어요. 본인이 매일 규칙적인 스케줄을 스스로 지키고 있는지 아닌지만 확인하면, 그리고 본인이 산책하거나 운동하는 시간을 조금 더 늘려서 살이 약간 더 빠지고 건강해지면, 시간이 지날수록 약을 먹지 않아도 아이를 돌보거나 아내로서 평균적인 수준의 활동을 하는 데에 아무런 어려움이 없다는 것을 알게 될 거예요. 그런데 이 과정에서 어떤 상황이 발생할 수 있는가 하면, 본인이 바뀐 생활에 익숙해질 때 빨리 뭔가를 하고 싶은 생각이 들 수 있어요. 그렇게 해서 다른 사람들에게 인정을 받고 싶은 생각이 드는 거죠.

지영: 그러다 보니 엎어지게 되더라고요.

황: 맞아요. 그래서 내가 뭔가를 해서 다른 사람에게 인정받으려면 적어도 5년 정도는 지나야 한다는 것을 본인이 알아야 돼요. 예를 들어 규칙적인 생활을 5년 정도 하는 거죠. 5년이 되지 않았는데 자신이 뭔가를 만들거나 해서 인정받는다는 기대는 크게 하지 않는 것이 좋아요. 가장 접근하기 쉬운 것은 매일 본인이 조금씩 블로그에 글을 쓰는 일인데, 이게 1년이 지나고 2년쯤 지나면 글의 양도 상당히 많아져요. 그리고 지금 벌써 본인의 블로그 글에 피드백을 주는 사람이 생겼다고 그랬죠? 그런 사람이 갑자기 많이 생길 수는 없어요. 하지만 그런 사람이 한두 명에서 2년 후에는 네다섯 명이 되고, 3년 후에는 열 명 스무 명이 되고, 4년 후에는 50명 정도가 되고, 5년쯤 되면 백 명 정도 생기게 될 수는 있겠죠.

지영: 대학도 휴학 후 다시 들어가는 과정을 발작적으로 했던 거였어요. 그때 마음은 잘해야겠다 싶었지만 꾸준히 하지를 못해서 정말 힘들게 다녔거든요.

황: 맞아요. 무엇이든지 꾸준히 하면서 어느 정도의 시간이 지나야 해요. 혹시 뭔가를 마쳐야겠다는 생각이 들면 조급하게 생각하지 말고, 최소한 5년에서 10년은 걸린다고 생각해야 해요. 결론적으로 약의 문제는 걱정할 필요가 없다는 거죠. 만에 하나 본인이 잠을 못 자거나 불안할 때에는 가장 먼저 어떻게 해야 할까요?

지영: 음, 글을 쓴다?

황: 그래요. '내가 왜 잠을 못 자고 있는가?, 내가 지금 상태에서 왜 불안한가?' 하는 것들을 뭐든지 한번 써보는 거예요. 자기 마음을 자기가 읽어준다 생각하고요.

지영: 생각해 보니 한 달 동안 그걸 경험한 것 같아요.

나는 참 오랜 시간 내 마음이 무엇인지도 모른 채 마음의 고통을 약물로 마취시키며 외면해왔다. 마치 퇴근 길 허탈한 마음을 온갖 술로 달래는 직장인과 다를 바 없었다. 그런 내가 이제 나 자신과 친구가 되는 법, 스스로의 마음 읽는 법을 글쓰기를 통해 배우기 시작했다. 괜히 불안해 잠 못 들거나 나도 모르게 혼란스러움을 느낄 때면 컴퓨터에 앉아 글을 써봤다. 그렇게 내 마음과 대화 나누는 법을 익혀나갔다.

황: 네, 참 훌륭해요.

지영: 글을 쓰다 보니까 제가 몰랐던 제 마음도 알게 되더라고요. 그냥 꿈을 꾼 것도 내가 고민하는 것과 연결해서 생각해 보면 조금 후련해지는 것 같았어요.

황: 이제 알겠죠?

지영: 고등학교 때에는 글쓰기를 했거든요. 그때는 글을 쓰겠다 다짐하고서 일기를 매일매일 썼어요. 친구 관계에서든 뭔가 어려움이 있을 때 글을 쓰면서 후련해지고, 재생되는 느낌이 들었어요. 그런데 우울해지면서는 그 패턴을 잃어버렸고, 동시에 저도 잃어버린 것 같아요.

황: 맞아요. 정확히 자신을 잘 파악하셨네요. 그런데 약을 먹을 때는 오히려 글을 쓸 힘이나 기회를 잃어버리게 돼요.

지영: 네, 약을 중단한 초기 쯤에 썼던 이메일을 최근에 다시 읽어보니까 잘 이해가 안 되더라고요. 주어와 서술어 호응도 잘 안 맞고, 하고자 하는 말이나 주장이 뭔지도 잘 모르겠고. 그런데 나중에 그걸 블로그로 옮겨서 써보니까 그래도 뭔가 하고 싶은 말이 있다는 것을 알겠더라고요. 그리고 내가 내 속에 있는 응어리 같은 것을 해결하고 있다는 느낌도 들어요.

황: 네, 아주 잘 파악하셨어요. 본인의 마음이나 상황에서 최선을 다한다는 것은 뭔가를 특별히 더 많이 하는 게 아니라, 지금처럼 본인 나름껏 매일매일을 스케줄대로 생활하면 그걸로 충분히 잘하는 거예요. 알겠죠? 항상 밤에 잘 때 '아, 내가 오늘 하루도 너무 뿌듯하게 잘

지냈구나' 이렇게 자기를 칭찬하면서 자도 돼요.

지영: 한 달 동안 그렇게 했는데 엄청 뿌듯했어요.

황: 네, 그리고 본인이 한 달 동안 약을 안 먹었고 그래서 상황이 이렇게 변했다는 것은 내가 남편분에게 설명할게요. 그리고 나머지 가족에게는 본인이나 남편이 이야기해도 되고, 굳이 설명을 하지 않아도 돼요. 약을 먹으라고 강요는 하지 않으니까요.

지영: 부모님께는 일주일에 한 번씩 제가 약을 먹고 싶지 않다고 설명하고 있어요. 그랬더니 그냥 '그런 생각을 하는구나' 하며 들어주시더라고요. 어머니는 제 상담 내용도 아시는데, 아버지는 조금 조심스러우신 것 같아요. 확실히 남편은 병원에 가야 된다고 하면서 예약도 하고요.

황: 그렇군요. 그 외에도 지영 씨가 좀 더 사람들에게 어필할 수 있게 재미있는 글을 쓰고 싶다는 사연을 적어 보냈잖아요. 지금 본인이 쓴 글들이 블로그에 하나씩 쌓이고 있는데요, 글을 쓸 때 가장 처음에는 본인의 일상을 그냥 간단하게 쓰다가 두 번째 쓸 때는 똑같은 것도 조금 더 구체적으로 쓰고, 그다음에는 그보다 더 구체적으로 써 나간다면 본인의 글쓰기가 조금씩 나아질 수 있겠죠?

지영: 네. 지금 블로그에 댓글이나 이모티콘, 간단한 답글도 올라오고 있는데, 그중에 제일 공감을 많이 받았던 글이 제가 어떻게 살이 쪘고, 무엇을 하면서 뺐다는 내용을 구체적으로 이야기한 거였어요.

황: 맞아요. 자기가 느끼는 막연한 감정이나 두려움, 불안 같은 것을 글로 쓰면 사람들이 이해를 못하고 공감하기도 힘든데, 구체적으로 '내가 몸무게가 몇 킬로그램이었고 내가 매일 어떻게 하면서 몇 그램이 빠졌고 일주일 후에는 얼마가 됐고' 하는 식으로 쓰면, 아주 사소한 내용 같아 보이지만 훨씬 많은 사람들이 공감할 수 있어요. '오, 이 사람 멋있다. 이 사람 진짜 자기 생활 관리를 참 잘하는구나.' 그렇게 구체적인 것을 매일 기록하고 자기를 나타낼 때 나라는 사람이 조금 더 뚜렷해지고, 나도 나 스스로를 알게 되는 것이죠.

지영: 생각만 하면 그 생각이 현실에서 이루어졌는지 아닌지를 사람들이 모르는데, 제가 실제로 겪어낸 것은 현실로서 의미를 갖게 되는 것 같아요.

황: 네. 그리고 그 외에 다른 것들을 하고 싶더라도 조금 기다리세요. 우선은 지금 하고 있는 걸 계속해 나가는 것이 중요해요.

나는 아이를 지키기 위해, 나 자신을 약물에서 구하기 위해 단약을 했다. 문득 힘들었던 과거의 기억이 밀려들 때, 또는 이유 없이 막연한 불안감이 치솟을 때, 다시 약을 먹어야 하지 않나 하는 마음이 들 때, 컴퓨터 앞으로 달려가 글을 썼다. 그리고 최선을 다해 규칙적인 생활과 운동을 하려 노력했다. 그렇게 지난 한 달 동안 나는 정신과 약물에서 벗어나 나 자신을 지킬 수 있는 두 가지 방법을 부지런히 익히면서 시간을 보냈다. 나에게는 내 아이를 지켜야 한다는, 잃어가는 자신을 찾고 싶다는 간절한 마음밖에 없었다.

우리가 몰랐던
남편 대현 씨의 속사정

"아무래도 이 여자와 결혼해야 할 것 같아." 대현 씨가 지영 씨를 처음 만나고 돌아와 친구들에게 했던 말입니다. 어찌나 여성스럽고 섬세한지 그런 그녀를 꼭 지켜주겠다 결심하고 그녀에게 청혼했습니다. 그렇게 결혼이 시작되었습니다.

결혼식 후에 두 사람은 미국으로 건너가 대현 씨의 유학생활이 끝날 때까지 참 행복한 시간을 보냈습니다. 당시 대현 씨는 친구들을 만날 때마다 '어서들 결혼하라'며 앞장서 말하고 다니기까지 했습니다. 하지만 한국에 돌아와 직장 생활을 시작하고 한 해, 두 해가 지나자 '결혼이 연애와는 또 다르구나' 하고 인정할 수밖에 없었습니다. 그렇다고 사랑이 식었거나 지영 씨가 싫어진 것은 아니었습니다. 그저 '결혼은 생활'이라는 말이 이해가 되었다는 것이 더 정확한 표현일 듯합니다.

딱히 대단한 문제가 있지는 않지만, 대현 씨 입장에서는 너무 꼼

꼼하고 소심한 지영 씨가 조금씩 이해하기 어려워졌습니다. 지영 씨는 별일도 아닌, 그냥 넘어가도 될 일을 하나하나 마음에 담아두며 괴로워하고, 무엇 하나 스스로 하는 것을 망설이기 일쑤였습니다. 그 점이 대현 씨에게는 좋을 때도 있고, 부담스럽게 느껴질 때도 있었습니다. 언젠가 처가 식구들과 이야기를 나누다가 지영 씨의 그런 성격이 꽤나 오랫동안 이어진 것이며, 그로 인해 그녀의 삶이 제법 혼란스러웠다는 것을 알게 되었습니다. 한번은 지영 씨가 학생 때부터 조울증 약을 복용하며 지냈다 들었고, 또 한번은 우연히 쓰레기통에 버려진 약 봉투를 직접 발견하고서 지영 씨가 여전히 가끔씩 신경정신과를 찾는다는 사실을 눈치채게 되었습니다.

솔직히 처음에는 농담으로 '이게 말로만 듣던 사기 결혼인가?' 하고 가벼이 물을 만큼 대수롭지 않게 여겼습니다. 주변에서 '네가 그래도 결혼 이후에 많이 안정된 삶을 사니까 다행이다'라고들 했기 때문입니다. 그런데 대현 씨는 지영 씨가 임신과 출산을 준비하는 과정에서 적잖이 놀랐습니다. 신경질적으로 말하고 행동하는 모습이 이따금 심해져서 간담이 서늘할 정도였기 때문입니다. 결국 지영 씨는 이전에 다니던 병원에 가보라는 부모님과, 일단 병원부터 다녀와서 생각해 보자는 대현 씨의 성화를 이기지 못했습니다.

어떤 의사는 지영 씨가 우울증이라 했고, 또 어떤 의사는 조울증이라 했습니다. 어찌 됐든 이들은 약을 먹으면 어느 정도 조절된다는 것을 강조하며 너무 걱정 말라고 대현 씨를 위로했습니다. 하지만 모두의 바람과는 달리 지영 씨는 약을 먹으니 사는 것이 더 힘들고 괴로워진다는 말을 했습니다. 뭔가 이상했습니다. 다들 약을 먹어야 좋아진다는데, 지영 씨는 약을 먹지 않겠다고 하니 대현 씨는 서서히 힘에 부치는 것 같았습니다. 그러다 결국 문제가 생겨서 불안한 마음에 다시 병원을 찾게 되었고, 무언가 널뛰는 듯한 이 상황이 부담스럽다 못해 공포스럽게 느껴졌습니다.

지영 씨가 심리상담을 받아보겠다고 나섰다는 사실을 뒤늦게 장모님에게 전해 들었습니다. 정신과 상담과 뭐 그리 다를까 싶기도 했지만, 나쁜 선택은 아닌 듯했습니다. 그녀가 상담을 받고 한 달 사이에 확실히 긍정적으로 달라졌기 때문입니다. 대현 씨의 아침도 챙겨주고, 혼자서도 아이를 돌보려 애쓰고, 또 불안할 때마다 이전처럼 그 불안감과 걱정을 주변 사람에게 마구 쏟아내는 것이 아니라 이제는 일기를 쓴다고 하니 그녀가 받은 상담에서 뭔가 새로운 해결책이, 도전해 볼 만한 과제가 주어졌나 싶었습니다.

그래서 지영 씨가 두 번째 상담을 받으러 황상민 박사의 심리상담소에 직접 다녀오겠다고 했을 때, 대현 씨는 일부러 휴가를 냈습니다. 듣자 하니 지영 씨에게 규칙적인 생활과 글쓰기를 과제로 내줬다는데, 왠지 그를 믿어보고 싶은 마음도 일었기 때문입니다.

지영 씨가 상담실에 들어간 지 30분쯤 지났을 때였습니다. 상담소 연구원이 대현 씨에게 다가와 상담실에서 그를 찾는다고 했습니다. 느닷없이 이게 무슨 일인가 싶어 긴장이 되었는지 손에 쥔 휴대폰을 떨어뜨리기까지 했습니다. 조금 전에 지영 씨가 인사를 건네고 들어갔던 상담실. 문을 열자 지영 씨가 황상민 박사와 마주 보고 앉아 있었습니다. 대현 씨는 아주 잠시 주춤하다가 지영 씨 옆자리에 앉아 황상민 박사에게 가볍게 목례했습니다.

황: 네, 안녕하세요? 지영 씨가 지난 번에 상담하고서 오늘 올 때까지 남편분이 같이 생활하시면서 보니까 아내분 상태가 어떻게 바뀐 것 같나요? 아니면 별 차이가 없는 것 같나요?

대현: 많이 바뀌었어요. 이제 아기도 스스로 돌보려 하고, 대화하는 것도 전보다는 잘되는 것 같고, 서로 간의 관계도 조금 더 좋아진 것 같고요. 그래서 저도 (지영이가) 글 쓰면서 최대한 자기 시간을 갖게 하려고 하고, 대화하면서도 감정적으로 하지 않으려 해요.

황: 네, 아주 잘하셨어요.

대현: 이야기할 때 제 주장을 내세우려고 하지 않고 의견을 물어보고 제시해서 전체적으로 좋아진 부분이 많은 것 같아요.

황: 그렇군요. 이렇게 전체적으로 좋아진 이유는 무엇 때문일 것 같나요?

대현: 일단 약은, 제 입장에서는 (지영이가) 아예 약을 안 먹는 것은 좀 부담스러워서요. 저도 알아보니까 어떤 병원의 약은 많고 좀 센

것 같아서 그건 먹지 말고, 기존에 먹던 약 중에서 괜찮았던 약을 한 번 먹어보자고 했어요. '데파코트'라고 그 전에 먹던 것이 있는데, 그게 그래도 괜찮았다고 해서 이전에 먹다 남았던 약을 먹고 있어요. 그리고 그때 다니던 병원을 다음 주에 또 가서 좀 물어보고 처방을 받아 먹을 거고요.

황: 그러면 남편분은 그 약을 처방받아서 먹는 것이 낫다고 생각하시는군요?

대현: 그게 낫다기 보다…. 제가 (지영이를) 최대한 존중해 주려고 해요. 제가 퇴근하면 빨리 와서 아기도 봐주려고 노력하고, 글 쓰는 시간도 보장해 주려고 하고 있거든요. 약은 최소한의 재발 방지 차원에서 확 끊는 건 아니겠다는 판단은 하고 있어요.

황: 그렇다는 건 약을 먹으면 재발하지 않을 거라는 말씀인가요?

대현: 약을 먹는다고 100퍼센트 재발하지 않는다는 건 아니지만, 재발할 수 있는 확률을 낮춰준다고 생각합니다. 약을 먹지 않으면 100퍼센트 재발할 거라고 생각합니다. 언제가 되었든 말이죠.

대현 씨는 말합니다. 지영 씨가 약을 먹으면 힘들다는 것은 알고 있지만, 아예 약을 먹지 않으면 자신이 부담스럽고 힘이 든다고요.

물론 그동안 간혹가다 지영 씨가 발작적으로 행동했을 때 옆에서 그 모습을 지켜보며 얼마나 불안하고 무기력하게 시간을 보냈을지 상상해 보면, 대현 씨가 이런 말을 하는 것이 한편으로는 이해가 됩니다. 더욱이 지난번에 지영 씨와 신경정신과 의원을 한 번 다녀온 이후 대현 씨는 약물에 대한 마음이 더더욱 복잡해질 수밖에 없었습니다. 당시 지영 씨는 약물 부작용을 견딜 수 없어 단약을 심각하게 고민하고 있었습니다. 그래서 의사에게 도움을 청했습니다.

"선생님, 저는 약을 끊고 싶은데요. 단약 할 수 있게 도와주세요."

누구보다 간절한 얼굴을 한 지영 씨에게 의사는 단호한 목소리로 답했습니다.

"저기, 김지영 환자분, 지금 감정 조절이 안 되는 거 아시지요? 이럴 때 약을 끊는 것, 그러니까 단약은 범죄나 마찬가지예요. 자칫 잘못하면 지영 씨뿐만이 아니라 다른 사람에게까지 문제가 발생할 수도 있어요."

'범죄'라는 단어에 한껏 당황한 대현 씨가 끼어들었습니다.

"단약 자체가 범죄라고요?"

"네, 언론에서 말하잖아요. '잠재적 범죄자.' 약을 함부로 끊어서 발생한 경우가 허다하다는 것을 지영 씨나 남편분도 미디어를 통해 보셔서 잘 아실 거예요. 물론 지영 씨가 꼭 그렇게 된다는 건 아니지만요."

그날 밤 대현 씨는 처음으로 지영 씨의 과거 약물 처방 기록을 확인해 보았습니다. '데파코트, 졸피뎀, 올란자핀, 자이프렉사 자이디스, 웰부트린, 브로마제팜, 리튬, 레피졸, 큐로겔, 마그밀, 아빌리파이'까지. 놀라울 정도였습니다. 약을 먹는 것인지, 독을 먹는 것인지 의구심도 생겼습니다. 그렇지만 지영 씨는 갈수록 거세게 감정의 파고를 타며 때로는 무기력하고 때로는 격정적인 모습을 보였기 때문에 대현 씨는 이 상황을 감당하기가 무척이나 버거웠습니다. 사랑하는 아내이자 금쪽같은 아이의 엄마이므로 지켜야 한다는 생각과 동시에 무섭고 괴로워 도피하고 싶은 생각에 대현 씨는 고통스러웠습니다.

지영: 이번에 병원 가기 전에 오빠가 분리수거장에서 소리 지르고, 그전에는 동물원에서 소리 지르고, 총 네 차례나 그랬어. 그러고서 내가 한 일주일을 울었는데, 그것 때문에 내가 이렇게 마음이 아파졌다는 생각은 안 해봤어?

대현: 그렇게 생각해 보기는 했지.

황: 그렇다면 그것이 약을 먹지 않고 있는 상황에서 '재발하게 된 계기'라고 생각할 수 있나요?

대현: 그럴 수도 있겠지만, 그전부터 어떤 행동들이 좀 다르다는 생각이 들었어요.

황: 구체적으로 어떤 행동들이 좀 달랐다는 건가요?

대현: 약을 안 먹는다든가 했다는 거죠.

황: 지영 씨, 처음 '재발'했다고 생각한 게 몇 살 때였죠?

지영: 스물셋? 스물넷이었을 때요. 그때는 약을 먹고 있었어요.

황: 그렇다면 약을 먹고 있었는데도 재발했다는 건 뭘 뜻할까요?

대현: 말씀드렸듯이 약을 먹는 건 재발을 어느 정도 방지하기 위해서고, 그때 어떤 계기들이 있었으니까 재발했겠죠.

황: 만일 그런 계기들이 없었다면 변함없이 약을 먹었을 거라는 말씀이시죠?

대현: 그렇죠.

황: 그럼 지영 씨, 결혼하고 나서 언제 약을 끊었나요?

지영: 임신 준비하고 임신했을 동안에요.

황: 그때는 지금과 같이 그나마 안정적으로 지냈나요, 아니면 상당히 혼란스럽고 힘든 상태로 지냈나요?

지영: 그때는 약 먹을 때와 비슷하게 우울감이 좀 있었어요.

황: 그런데 지난 한 달은 괜찮게 보냈잖아요. 그렇죠?

지영: 네, 그래도 평균 정도는 되었던 것 같아요.

황: 그러면 본인이 약을 먹었을 때는 평균보다 훨씬 떨어지는 상태로 지냈다는 건가요?

지영: 최근에 다시 병원에 가면서 약을 먹으니까 제 능력의 한 10퍼센트만 남은 채로 보낸 것 같아요. 그리고 데파코트를 먹었을 때는 제 능력의 50퍼센트 정도로 지냈던 것 같고요.

황: 그러면 본인이 대학교를 다니면서 힘들어져서 약을 먹기 시작했을 때는 본인 능력의 몇 퍼센트로 살고 있었던 것 같아요?

지영: 그때는 아무것도 못했어요. 몸이 물에 젖은 것처럼 무겁고, 작업 능력 같은 건 거의 없었고요.

황: 그러면 남편분을 만났을 때는 어땠나요? 그때도 여전히 약을 먹고 있었죠?

지영: 그때는 오빠를 만나서 제가 기분이 좋았기 때문에 평균 이상으로, 60퍼센트 정도로는 생활할 수 있었던 것 같아요. 그래서 에너지를 얻을 수 있었던 거지 작업 능력은 나아지지 않아서 힘들었어요.

황: 그렇군요. 제가 이렇게 질문하는 이유는, 당시 복용했던 약이 본인에게 어떤 도움을 주고 있었는가 하는 점을 알기 위해서예요. 지금까지 쭉 돌아보면 약을 먹으면서 특별한 일이 없을 때는 본인의 생활이나 전체적인 에너지 수준이 거의 바닥인 상태였다는 것이죠? 그렇다면 약으로 인해서 본인의 생활 에너지가 높아지거나 작업 활동 능력이 향상된 적은 지금까지 없었다는 이야기군요.

대현: 그렇다고 쳐도 약을 안 먹으면 100퍼센트의 능력을 발휘할 수 있다는 데에는 동의하지 않아요. 미래의 위험 대비도 되지 않고요.

지영: 그런데 나는 내가 약을 안 먹게 되면 스스로 힘을 내서 위험에 대비할 수 있는 능력을 갖게 된다고 생각해. 그러니까 약을 먹으면 미래의 위험에 대비할 수 있을지도 모르겠지만, 지금 현재를 살아갈 수가 없다고.

황: 약을 먹어도 미래의 위험을 전혀 대비할 수가 없어요. 지난 한 달 동안 지영 씨의 상태가, 한 달 반 또는 두 달 전에 비해서 나아졌다는 것에 남편분도 동의하시죠? 처음에 저에게 상담을 받으려 했을 때보다 훨씬 나아졌다는 것이요.

대현: 네.

황: 그때 상담 이후로 지영 씨가 약을 안 먹었다고 한다면 이러한 변화가 가능하다고 생각할 수 있을까요?

대현: 저에게 거짓말을 하고 약을 안 먹었다는 건가요?

황: 거짓말을 했다고 표현하시면 안 되고요. 약을 먹을지 여부는 본인이 결정할 수 있는 것이니까요. 약을 먹게 되면 본인이 지금 겪고 있는 어려운 상황을 아무리 극복하려고 해도….

대현: 그동안 (지영이가) 약을 먹는지 제가 확인을 안 했어요. 물어만 보고, 약을 먹으라고 강요하지도 않았고요. 그런데 저 모르게 약을 먹지 않았다고요? 그러고는 약을 안 먹어서 나아졌다고 하는 건가요? 좋아지기는 했죠. 솔직히 좋아지기는 했지만….

지영: 그런데 불안한 거지?

대현: 당연하지.

황: 재발한다고 생각할까 불안해하는 것을 알기 때문에 어떤 상황이 되면 본인에게 '재발'이라고 하는 상태가 되어버리는지에 대해서도 알려줬어요. '재발'이라는 것은 약을 먹고 안 먹고의 문제가 아니라 자기 생활 관리를 하지 못하게 될 때, 자기 자신에게 일어나는 일을 자책하게 될 때, 주위에서 누군가가 공격하거나 큰소리를 낼 때, 사람들 사이에서 관계가 힘들어질 때 발생하게 된다고요. 이럴 때 충분한 에너지를 갖고 있지 않으면 자신이 그런 일에 대해서 엄청나게 충격을 받고, 그것으로 인해 약간의 발작적인 행동을 보일 수 있다고요. 이건 약 복용 여부와는 아무 관련이 없어요. 그래서 저는 약을 먹었을 때 지영 씨에게 일어나는 신체 반응이 어떻고, 그것으로 인해 지영 씨의 생활이 얼마나 혼란스러워지고 마음이 얼마나 망가지는지를 이야기할 뿐입니다. 약이 혹시라도 모를 재발을 방지하지 않을까 하는 것은 그냥 막연한 믿음일 뿐이에요.

대현: 그냥 그런 식의 믿음이라고 보기는 어려워요. 그리고 그동안의 제 노력이 배신당했다는 생각도 들고요. 약을 먹을 때 심한 약은 먹지 않게 했고, 의견을 물어서 먹어본 것 중에 나은 약을 먹을 수 있도록 해줬는데…. 이렇게 되면 다음 주에 병원 가는 것도 의미가 없는 거잖아요. 그동안의 제 노력도 의미가 없어지는 거고요.

황: 아니죠. 남편분은 지영 씨가 약을 안 먹으면서 본인을 찾고, 본인 생활을 제대로 할 수 있게, 아이도 돌보고 남편 아침 식사까지 차려 주는 보통의 아내 역할을 할 수 있도록 엄청나게 큰 기여를 하신 거죠. 만일 다른 사람처럼 약 먹는 것을 강요하거나 억지로 확인하려고 했다면 상태가 좋지 않아졌을 수도 있어요.

대현: 하지만 전 분명히 얘기했어요. '다른 건 몰라도 약을 안 먹으려면 상의를 하고 안 먹어라' 이렇게요. 저와 상의하지 않고 약을 혼자마음대로 안 먹으면 나는 더 이상 버틸 수 없다고 얘기를 분명히 했거든요. 저는 어떻게든 가정을 잘 이끌어 가고 싶지만, 이렇게 나오면 저는 너무 힘들어서 견딜 수가 없어요. 갑자기 사라지고, 옆에서잠도 안 자고, 사람들이 이상하게 보고 하는 것들을 겪는 게 얼마나힘든 줄 아세요?

황: 그렇죠. 나까지 비슷하게 미치는 거 아닌가 하는 생각도 들죠.

대현: 재발이 안 될 것 같으면, 그런 상황이 또 안 벌어질 것 같으면 저도 (지영이가) 약을 안 먹으면 좋겠어요. 하지만 단기간 안 먹은 게괜찮다고 해서 장기적으로도 괜찮을 거란 보장이 없잖아요.

지영: 장기적으로 내가 내 감정의 문제를 스스로 해결해 보는 과정을 한번 지켜보는 건 어때? 어떻게 지나가나 하고 말이야. 그동안은

내가 너무 상처를 받고, 재발했다고들 하니까 나를 돌아보지 못했어. 하지만 이제는 나를 돌아보는 글쓰기도 알게 됐으니까 나를 돌아보면서 이 과정을 잘 지나가는 걸 한번 더 보면 어떨까? 난 이제 좀 나아졌다고 생각하는데, 오빠는 불안하다고 이혼하려는 거야?

대현: 그건 생각을 좀 해봐야지.

지영: 우리는 서로 각자의 선택을 할 수 있어. 그런데 약을 먹어라 마라 하는 문제를 강압적으로 이야기하면 나도 이혼을 고려할 수밖에 없어. 약이 보장한다는 '재발 없는 미래'라는 것 때문에 나는 건강하지 않고 늘 누워 지내야 돼. 그러니 나도 내게 필요한 선택을 하는 수밖에 없지.

황: 네, 두 분 모두 진정하시고요. 지금 가장 중요한 것은 지영 씨의 상태가 어떻고, 그 상태는 처음에 어떻게 시작이 됐고, 그것이 어떻게 더 악화가 됐고, 그 상태가 어떻게 정상으로 돌아올 수 있었느냐예요. 그리고 지영 씨가 회복할 수 없게 만들었던 가장 큰 문제가 바로 정신과 약 복용이었다는 것이죠. 약을 먹으면서 상태는 악화되었고, 문제는 해결되거나 상태가 좋아지지 않았다는 사실도 놓치지 말아야 해요.
　지금의 정신과 의사들은 개인의 마음에 대한 이해가 조금도 없어서 약이라는 것을 통해 일상생활을 그냥 억제하고, 그 사람의 활동

수준을 0~10퍼센트가 되도록 약으로써 거의 마취시키다시피 한 상태를 만들어요. 그러면 발작적인 행동이나 주위 사람들을 괴롭히는 행동을 하지는 않아요. 하지만 마취를 치료라고 하는 것은 말이 안 되죠. 이런 상황이 저는 화가 나요.

누구 말이 옳고 그르다는 것을 떠나서 당사자가 자기 생활을 잘할 수 있고 자기 생활을 만들어 갈 수 있도록, 가족이라면 도와줘야 한다고 생각해요. 물론 그렇게 해서 나빠진다면 저도 의사와 관계 없이 약을 먹어야 한다고 하겠어요. 하지만 막연히 약을 안 먹으면 재발할지도 모른다는 위협에 의해 움직이는 것은 좋지 않다고 생각해요.

대현: 물론 약을 안 먹으면 정신이 더 맑아지고 좋아지겠죠. 하지만 그게 다가 아니니까요. 만약 재발하면 어떻게 하실 거예요? (지영이가) 저에게 약을 먹어보라고 해서 먹어봤는데, 한 하루 몽롱하더라고요. 그런 건 알겠어요. 하지만 재발은 다른 문제라고요.

황: 약을 직접 먹어봐서 어떻다는 것까지도 다 아시는데, 재발할지도 모른다는 이유만으로 지영 씨에게 약을 강요하는 게 말이 됩니까?

대현: 더는 할 말이 없어요. 상담 마치고 나와.

그렇게 대현 씨는 상담실을 박차고 나갔습니다. 약을 안 먹으면 재발할지도 모른다는 믿음으로, 자신의 두려움과 불안을 제대로 마주하지 못한 채 말입니다. 대현 씨는 스스로 정신과 약을 먹어보기까지 하며 '몽롱한 상태가 되어 일상생활을 유지하는 것이 힘들어진다'는 것을 경험했습니다. 그러나 지영 씨가 약을 먹지 않으면 언제든 재발할 수 있기 때문에 의사들의 말처럼 약을 먹어서 재발의 위험을 줄여야 하지 않느냐고 강변했습니다. 하지만 지영 씨는 말합니다. 그 약이 보장한다는 '재발 없는 미래'를 위한다면 자신은 건강하지 않은 상태로 지내야 한다고요. 사실 약이 보장하는 '재발 없는 미래'라는 것은 애초에 존재하지 않습니다. 왜냐하면 지금 이 부부가 처한 상황은 지영 씨 마음의 아픔, 마음의 고통에서 기인한 것이지 지영 씨의 몸, 즉 뇌에 문제가 생긴 것은 아니기 때문입니다.

지영 씨는 대현 씨가 나간 문을 멍하니 바라보았습니다. 시간이 멈춰버린 듯도 하고, 또 계속해서 시간이 흘러가는 듯도 했습니다.

"지영 씨!"

황상민 박사가 부르는 소리에 잠에서 깬 사람처럼 화들짝 놀란 지영 씨에게서 조금은 서글픈 미소가 흘러나왔습니다.

"박사님, 감사합니다."

반사적이기는 했지만 진심이 가득 담긴 대답이었습니다.

"오빠에게도 시간은 필요할 것 같아요. 저도 제가 불안한데, 오빠가 저러는 것도 이해가 돼요."

"네."

"박사님, 알려주신 것처럼 규칙적으로 생활하고 운동하고 일기도 쓰면서 제 마음과 대화를 하다 보면 저는 지원이에게 힘이 되는 엄마가 될 수 있을까요?"

"그럼요. 얼마든지 힘이 되는 엄마가 될 수 있어요."

"저, 사실은 너무 불안하고 겁나기도 한데요, 그럴 때마다 박사님께서 말씀해 주신 우리 지원이에 대한 생각을 하게 돼요."

"무슨 생각이요?"

"약물에서 엄마를 구한 아이라는 생각이요. 저는 저를 구해준 지원이에게 너무 고맙고 또 너무 미안해요. 그런데 그런 마음을 자꾸 떠올리면 자책하게 된다는 것도 알게 되어서, 이제는 그냥 고맙다고만 생각하려고 노력해요. 그리고 계속해서 더 건강한 엄마, 지원이에게 힘이 되는 엄마가 되자고만 자꾸 중얼거려요."

"네, 아주 좋아요."

"박사님, 그래도 저는 많이 불안하거든요."

"불안한 게 이상한 것도, 나쁜 것도 아니에요. 대신 불안할 때는 어떻게 하면 된다고 했죠?"

"글을 쓴다!"

"네, 맞아요!"

"오빠는 제가 두려운 만큼 두려운 거라고 생각하고, 일단 저는 저와 지원이를 먼저 생각하며 이 시간을 견뎌보려고요. 한 달 또 잘 생활하다가 다시 뵈어도 될까요?"

"그럼요. 아주 좋아요."

"박사님, 오늘 정말 감사합니다."

"지영 씨도 오늘 정말 수고 많았어요. 아주 잘했고, 또 잘하고 있어요. 지금 남편분과 아이, 그리고 지영 씨가 있는 이 가정에서 가장 강한 사람이 지영 씨라는 것 명심하고, 힘들 때마다 상담 녹음 파일을 들으면서 꼭 규칙적인 생활을 하시면 누가 뭐라고 해도 세상에서 가장 든든하고 힘이 되는 엄마 김지영이 될 거예요. 아시겠죠?"

"네, 감사합니다."

지영 씨는 그 어느 때보다 더 정성껏 고개를 숙여 인사했습니다. 그리고 상담실을 나서며 주문처럼 부적처럼 '지원이를 위해서'와 '약물에서 나를 구한 아이'라는 말들을 자꾸만 곱씹었습니다.

"당신을 알고

당신을 믿고

당신을 표현하세요."

5

'진정한 나'를 찾아가는 김지영의 길

잠들지 못하는 밤에
써 내리는 글

　새벽 1시, 2시. 한 시간 간격으로 자꾸만 잠에서 깨어났다. 몹쓸 불면증이 다시 도지는 것은 아닌지 불안감이 스멀스멀 피어올랐다. 결국 억지로 눈을 감길 포기하고 미끄러지듯 침대에서 내려와, 작은 침대에 누워 잠든 아이의 얼굴을 쓰다듬어 보았다. 더없이 포근한 아기 냄새와 뚜렷이 감지되는 삶의 온도. 그 순간 여전히 죽지 않고 살아 있다는 감각이 돌아왔다.

　한참을 아이의 손을 잡고 숨결을 느끼며 이부자리를 매만져 주었다. 그래도 잠이 오지 않아 도둑 고양이처럼 안방을 빠져나가서는 대현 씨가 잠들어 있는 거실을 지나 조용히 작은방으로 들어왔다. 그러고는 책상 앞에 앉아 어두운 방에 스탠드 불을 밝히고 컴퓨터 전원 버튼을 눌렀다. 여러모로 속도가 느려진 컴퓨터가 부팅을 마쳤을 때 블로그를 열고 며칠 전부터 적어둔 일기를 찾아 가볍게 다시 읽어보았다.

2월 16일

[일과] 오후 7시 기상. 7시 30분 아침 식사 준비.
오후 2시 운동. 오후 3시 지원이 예방접종.

"한동안 생각 좀 해봐야겠다."
오빠의 마지막 말이었다. 상담실을 나와 집으로 오는 내내 눈치를 보면서 무슨 말이라도 해보라던 나에게 던진 마지막 말. 그렇게 나흘이 지났다. 불안하다. 약을 안 먹으면 이혼하겠다는 뜻일까, 아니면 무엇을 생각해 본다는 것일까?
오빠의 얼굴을 보기가 조금은 무섭고, 또 조금은 화가 난다. 왜 나를 믿어주지 못할까? 오빠도 불안할 수 있다는 것은 나도 안다. 이렇게 생각이 자꾸만 많아지니까 잠이 오지 않은 것이구나….
하지만 오빠가 어떤 말을 하든 간에 내 일상을 무너뜨리지 않겠다는 다짐을 매 순간 했다, 한다, 해야만 한다.

우리 지원이를 위해서! 반드시!

해야 할 일들을 절대 미루지 않겠다 다짐했다. 최대한 규칙적으로 생활하고, 운동도 힘을 다해 한 시간씩 하자! 해야만 한다! 할 수 있다, 김지영! 물론 30분에 끝이 난 날도 있지만.

불안하다, 불안하다. 오빠가 무슨 말이라도 빨리 해주면 좋겠다.

2월 18일

[일과] 오전 6시 30분 기상. 7시 30분 아침 식사 준비.
10시 잠시 동네 산책. 오후 7시 친정 저녁 식사 모임.

오랜만에 친정집에 모여 가족들과 식사를 했다. 저녁 7시 식사 자리에 아버지와 어머니 그리고 언니네 가족들과 오빠와 지원이가 모였다. 이제 막 숫자를 배우기 시작했다는 둘째 조카 서율이가 몇 명이나 모였는지 하나둘 수를 세기 시작했다. 총 열 명의 사람들. 서율이가 이제 막 숫자 10까지 배웠다는 이야기에 오빠가 웃으며 말했다. 우리 식구가 11명이었으면 정말 큰일 날 뻔했다고. 가족 모두가 웃었다. 잠시 행복하단 생각을 했다.
저녁 식사 후에 엄마는 책장을 치워버리겠다는 이야기를 꺼냈다.

이제 나이도 들었으니 물건을 하나씩 정리하며 사는 것이 맞겠다고…. 아버지는 그 옆에서 공수래공수거라는 말을 했다. 어쨌든 엄마는 혹시 필요한 책들이 있으면 어서들 챙겨 가라면서 이번 달 안에 버릴 예정이니 아무 말이 없으면 그런 줄 알라고 했다. 식사가 끝나고, 가장 먼저 형부와 조카가 나서서 책장을 살폈다. 왠지 나도 그 책장을 꼭 확인해야 할 것 같았다.

역시 내 느낌이 옳았다. 중고등학교 때 용돈을 모아 샀던 책들이 눈에 들어왔다. 특히 류시화의 여행기와 시집들. 침대에 누워 얼마나 읽어댔던지 페이지마다 손때가 잔뜩 묻어 있었다. 한 권, 두 권 찾는 재미가 있었다. 결국 스무 권 가까이 되는 책을 골랐다.

저녁 9시쯤 오빠가 이제 슬슬 집에 가자고 했다. 잠든 지원이를 안고 있던 오빠는 내가 쌓아둔 책들을 보고 한숨을 내쉬었다. 그 모습을 지켜보던 엄마는 나에게 줄 다른 물건들과 함께 택배로 보내주겠다고 했다. 택배까지 필요할까 싶었지만, 엄마의 잔소리가 이어질까 봐 그저 알겠다 대답하고 집으로 돌아왔다. 오자마자 지원이를 목욕시키고 나니 자정이 되어 잠들었다가 새벽 3시에 눈이 떠져서 이 글을 적고 있다. 다시 조금씩 졸음이 밀려온다.

2월 22일

[일과] 오전 6시 기상. 7시 아침 식사.
12시 치과 예약. 오후 2시 정수기 점검. 오후 3시 운동(30분).

잠시 영화를 리뷰하는 유튜브 영상을 봤다. 〈사랑의 블랙홀〉. 옛날에 본 것도 같은데 다시 볼 기회가 있으면 좋겠다.

2월 23일

[일과] 오전 8시 기상. 오전 8시 30분 아침 준비.
오전 9시 30분 공원 산책. 오후 3시 영화 〈사랑의 블랙홀〉 감상하다 중단. 오후 4시 30분 엄마가 보내준 택배를 받았다.

일기를 쓰다 말고 자리에서 벌떡 일어나 작은방 한편에 놓아둔 택배 상자를 해체하기 시작했다. 얼마 전 골라낸 책 스물두 권, 그리고 엄마가 넣어준 영양제와 이모가 보내줬다는 멸치와 다시마가 정성스레 포장되어 있었다. 멸치와 다시마 때문인지 책에서 비릿한 바다 향이 나는 듯했다. 멸치와 다시마는 뒷전이고, 책들을 빨리 구출하겠다는 마음으로 서둘러 꺼내 바닥에 한 권씩, 마치 서점 진열대에 전시하듯이 펼쳐놓았다. 『지구별 여행자』, 『하늘 호수로 떠난 여행』, 『외눈박이 물고기의 사랑』, 『카라마조프의 형제들』, 『모비딕』, ⋯. 그중 유독 눈이 가는 제목이 있었다.

『지금 알고 있는 걸 그때도 알았더라면』

시집을 가만히 들고 제목을 속으로 따라 읽어보았다. 그러고 나서 접혀 있는 페이지들을 펼쳐 시를 한 편, 두 편 읽어보았다. 그 순간 거실에서 희미한 기척이 들리더니 대현 씨가 두 눈을 비비며 방문을 열었다.

"지영아, 아직 안 자는 거야?"

"응."

"이렇게 못 자서 어떡해? 약은?"

"⋯."

"아니다. 약⋯. 그래, 그냥 잠이 안 올 때는 안 오는 대로 다른 일을 하는 거라고 했지? 못 자는 게 병이라면 병이고, 아니라면 아닌 거니까."

"⋯."

"그런데 지영아."

"어?"

"우리 정말 괜찮을까?"

"나는 괜찮았으면 좋겠어."

"그래. 그런데 나는 조금…, 아니 많이 무서운 것 같아."

"그렇구나…. 오빠도 무섭구나."

"어서 자라고 하면 그것도 스트레스가 되겠지?"

"…."

"난 다시 가서 잘게. 너도 얼른 정리하고 쉬어. 벌써 4시니까 아침은 네가 안 일어나도 내가 알아서 할게."

"어, 고마워."

대현 씨가 문을 닫고 나가 다시 소파에 눕는 소리가 들렸다. 조그맣게 한숨을 내쉬었다. 그러고는 손에 들고 있던 시집을 천천히 넘기면서, 잠시 웃기도 잠시 울기도 하며 그 새벽을 지새웠다.

다음날 아침, 지영 씨와 지원이는 안방에서 그의 움직임도 눈치채지 못하고 곤히 잠들어 있었습니다. 대현 씨가 출근을 준비하다 주방 식탁 위에 차려진 간단한 아침상을 발견했습니다. 식탁 의자에 앉은 그에게 아침거리보다 더 눈길을 사로잡은 것은 예쁜 편지 봉투 하나였습니다. 대현 씨는 조심스레 그 내용을 읽어보았습니다. 두 장의 편지지. 첫 번째 장에 한 편의 시가 정성스러운 손 글씨로 적혀 있었습니다.

잠 못 이루는 사람들

로렌스 티르노

새벽 두 시, 세 시, 또는 네 시가 넘도록
잠 못 이루는 이 세상 모든 사람들이
그들의 집을 나와 공원으로 간다면,
만일 백 명, 천 명, 또는 수만 명의 사람들이
하나의 물결처럼 공원에 모여
각자에게 서로의 이야기를 들려준다면,

예를 들어 잠자다가 죽을까봐 잠들지 못하는 노인과
아이를 낳지 못하는 여자와
따로 연애하는 남편
성적이 떨어질 것을 두려워하는 자식과
생활비가 걱정되는 아버지
사업에 문제가 있는 남자와
사랑에 운이 없는 여자
육체적인 고통에 시달리는 사람과

죄책감에 괴로워하는 사람……
만일 그들 모두가 하나의 물결처럼
자신들의 집을 나온다면,
달빛이 그들의 발길을 비추고
그래서 그들이 공원에 모여
각자에게 서로의 이야기를 들려준다면,

그렇게 되면
인류는 더 살기 힘들어질까.
세상은 더 아름다운 곳이 될까.
사람들은 더 멋진 삶을 살게 될까.
아니면 더 외로워질까.
난 당신에게 묻고 싶다.
만일 그들 모두가 공원으로 와서
각자에게 서로의 이야기를 들려준다면
태양이 다른 날보다 더 찬란해 보일까.
또 나는 당신에게 묻고 싶다.
그러면 그들이 서로를 껴안을까.

이어서 다음 장에는 다른 이야기가 적혀 있었습니다.

오빠, 어제 오빠가 방문을 열었을 때 나는 옛날에 참 좋아했던 시집을 오랜만에 읽고 있었어. 시집 제목이 「지금 알고 있던 걸 그때도 알았더라면」인데, 지금 딱 내 마음이 그런 것 같아. 지금 알고 있는 걸 그때 그 옛날에도 알았더라면, 내 마음이 아팠다는 것을 알았다면 조금 더 건강하고 현명하게 시간을 보내지 않았을까 하고. 아프기는 했지만, 어떻게 해야 치유할 수 있고 나답게 살 수 있는지를 몰랐던 거니까 그걸 알려줄 사람이 있었으면 좋았겠다 하는 생각도 했어.

오빠, 나는 오빠만 나를 믿어준다면 어떻게든 이 상황을 스스로 해결해 보고 싶어. 그래도 될까? 오빠도 내가 겁이 많은 거 알지? 결정 장애도 있고 말이야. 그런데 나는 우리 지원이를 위해서, 그리고 나 자신을 위해서, 그리고 오빠와 행복하게 잘 살기 위해서 꼭 약을 끊고 싶어.

운동도 하고, 글도 쓰면서 내 마음을 돌아보고, 정리하고, 달래기도 하면서 나는 점점 더 건강한 마음을 가진 지원이 엄마가 될래. 나는 지금 알고 있는 걸 지금이라도 알게 되어서 다행이라고, 그리고 알게 된 걸 꼭 실천해 보이겠다고 나에게 매일 말을 걸고 있어. 그러니까 오빠가 괜찮다고 말해주면 좋겠어. 오빠가 나를 한 번만 더 응원해 주면 좋겠어.

김지영이, 오빠에게

어느새 대현 씨의 눈시울이 붉게 변해버렸습니다. 다시 한 번 편지를 찬찬히 읽어보고, 곱게 접어 편지 봉투에 넣었습니다. 그러고는 사랑하는 아내와 딸이 잠들어 있는 안방 문을 조심스럽게 열어보았습니다. 인기척이 느껴졌던지 지원이가 몸을 가볍게 뒤척였습니다. 순간 대현 씨는 누구보다도 조용하지만 신속하게 지영 씨에게 다가가 그녀를 꼭 끌어안았습니다. 그리고 지영 씨의 귓가에 이렇게 속삭여 주었습니다.

"김지영 씨, 정대현 씨가 사랑한대요. 그리고 엄청 응원한대요!"

내가 누구인지
알아가는 길목에서

한 달 뒤, 세 번째 상담이 끝날 때 황상민 박사는 나에게 이런 말을 했다.

"지영 씨, 혹시 소설 『82년생 김지영』을 읽어본 적 있어요? 아니면 영화로 봤다거나?"

"아뇨. 소설도 영화도 아직 못 봤어요."

"그렇군요."

"그런데 내용은 어느 정도 알고 있어요."

"그럼 혹시 나중에 시간이 되면 그 책을 한번 읽어보세요."

"…."

"혹 집중하기 어려우면 영화를 봐도 좋고요."

"특별한 이유가 있나요?"

"아, 그게 제가 보기에는 제 눈앞에, 여기 상담실에 앉아 있는 지영 씨가 진짜 그 소설 속 주인공이어야 한다고 생각하거든요."

"네?"

"사실 소설 속 82년생 김지영 씨의 문제가 지금 저와 이야기를 나누는 지영 씨의 문제와 하나 다를 바가 없어요. 아니, 어떻게 보면 소설 속 김지영 씨보다 여기 현실의 지영 씨가 진짜 소설가가 그렸어야 할 지영 씨의 모습이에요."

지난 상담 이후, 나는 아이를 홀로 돌보고 남편도 기분 좋게 맞이할 만큼 에너지를 찾았다. 책을 읽어볼 기운도 생겼다. 그리고 어제 늦은 시각, 소설 『82년생 김지영』이 우편으로 도착했다. 며칠 전 지나가듯 '그 책 읽고 싶다'는 밀에 대현 씨가 선물이라며 구입해 준 것이었다.

아이를 재워두고, 늦은 밤 주방 식탁에 앉았다. 그리고 두근거리는 마음 절반, 기대하는 마음 절반으로 책장을 하나씩 넘기기 시작했다. 이 소설을 쓴 작가는 과연 '82년생 김지영'에 대해서 뭐라고 썼을까? 나를 닮았다는 그녀에 대해 뭐라고 하면서, 어떻게 이야기를 시작할까?

소설 첫머리에서 주인공 김지영 씨를 이렇게 묘사했다.

김지영 씨는 우리 나이로 서른네 살이다. 3년 전 결혼해 지난해에 딸을 낳았다. 세 살 많은 남편 정대현 씨, 딸 정지원 양과 서울 변두리의 한 대단지 아파트 24평형에 전세로 거주한다. 정대현 씨는 IT 계열의 중견 기업에 다니고, 김지영 씨는 작은 홍보 대행사에 다니다 출산과 동시에 퇴사했다. 정대현 씨는 밤 12시가 다 되어 퇴근하고, 주말에도 하루 정도는 출근한다. 시댁은 부산이고, 친정 부모님은 식당을 운영하시기 때문에 김지영 씨가 딸의 육아를 전담한다. 정지원 양은 돌이 막 지난 여름부터 단지 내 1층 가정형 어린이집에 오전 시간 동안 다닌다.

김지영 씨의 이상 증세가 처음 감지된 날은 9월 8일이었다.

한자리에 앉아 진득하게 책을 읽어본 것이 참 오랜만이었다. 다리가 저려 몇 번 자리에서 일어나 움직이긴 했지만 결국 마지막 페이지까지 단숨에 읽었다. 그리고 깊은 생각에 잠겼다. 그러다가 접어뒀던 페이지를 다시 펼쳐보았다. 소설 속 정신과 의사가 소설 속 김지영 씨에 대해 말하는 대목이었다.

김지영 씨는 일주일에 두 번, 45분씩 상담을 받고 있는데, 증상이 나타나는 빈도는 줄었지만, 완전히 없어지지는 않았다. 나는 당장의 우울감과 불면증에 도움을 주기 위해 김지영 씨에게 항우울제와 수면제를 처방했다.

처음 정대현 씨의 이야기를 들었을 때는 책에서만 보던 해리장애인가 싶었는데, 김지영 씨를 직접 만나 보니 산후우울증에서 육아우울증으로 이어진 매우 전형적인 사례라는 생각이 들었다. 하지만 상담이 이어질수록 확신이 옅어졌다. 그렇다고 김지영 씨가 폐쇄적이거나 거부 반응을 보였다는 뜻은 아니다. 김지영 씨는 당장의 고통과 부당함을 호소하지도 않고, 어린 시절의 상처를 계속 되새기지도 않는 편이다. 먼저 쉽게 입을 열지는 않지만 한번 물꼬가 트이면 깊은 곳의 이야기까지 스스로 끄집어내 담담하고 조리 있게 잘 말한다. 김지영 씨가 선택해서 내 앞에 펼쳐 놓은 인생의 장면 장면들을 들여다보며 나는 내 진단이 성급했다는 것을 깨달았다. 틀렸다는 뜻은 아니다. 내가 미처 생각지 못하는 세상이 있다는 뜻이다.

내가 평범한 40대 남자였다면 끝내 알지 못했을 것이다. 대학 동기이자 나보다 공부도 잘하고, 욕심도 많던 안과 전문의 아내가 교수를 포기하고, 페이닥터가 되었다가, 결국 일을 그만두는 과정을 지켜보면서 나는 대한민국에서 여자로, 특히 아이가 있는 여자로 산다는 것이 어떤 것인지 알게 되었다.

— 소설 『82년생 김지영』

새벽에 일어나 화장실을 가던 대현 씨가 놀라 '그 책이 그렇게 재미있냐'고 물었다. 그 질문에 나는 '그렇지는 않다'고 답했다. 대현 씨의 어리둥절한 표정에 그저 슬픈 미소가 지어졌다.

그리고 다음 날, 답답한 마음을 참지 못하고 황상민 박사에게 이 메일을 적어 보냈다. 도대체 이 책을 읽어보라고 했던 이유가 무엇인 지 묻고 싶었기 때문이었다. 나의 열띤 질문에 잠시 후 황상민 박사 가 답을 해왔다. 무엇을 보고 무엇을 느꼈기에 그리 화가 났는지 설 명해 줄 수 있겠냐고. 내가 느낀 감정들을 솔직히 적어 다시 한 번 보 냈다.

황상민 박사님께

박사님, 저는 조남주 작가가 이 소설을 통해 김지영이 이 땅에 살아 숨 쉬고 있는 존재라는 것을 알려줘서 고맙게 생각해요. 하지만 작 가는 김지영에 대해 온전히 표현하는 데엔 실패하고 말았어요. 그 녀의 고통이 어디에서 온 것인지, 그녀의 마음이 무엇인지, 진짜 그 녀가 가진 문제가 무엇인지를 속 시원히 말하지 못했어요. 그녀 역 시 저처럼 문제를 해결해 보겠다고 신경정신과에 가서 의사에게 상 담을 받네요. 이 부분에서 안타까워 죽을 것 같았어요. 박사님, 저 는 제가 김지영이어서 화가 나고, 그 소설 속에서도 결국 이해받지 못했다는 사실 때문에 너무 괴로웠어요.

그리고 황상민 박사에게서 답장이 왔다.

김지영 씨에게

지영 씨, 혹시 이번 기회에 '진짜 현실의 김지영'으로서 지금까지 겪은 아픔과 고통, 그리고 거기서 벗어나게 된 과정에 대해서 공개적으로 이야기해 볼 수 있을까요?

순간 내 머릿속에 세 번째 상담을 마무리하며 나눈 대화가 떠올랐다. 황상민 박사의 유튜브 방송을 보다가 언젠가 물어봐야지 했던 질문으로 시작된 이야기였다.

"박사님, 왜 사람들은 공개된 자리에 나와서 자신의 부끄러운 이야기들을 다 하는 거예요? 저는 너무 창피해서 말하기 싫을 것 같거든요."

황상민 박사의 무료 공개 상담에 참여하는 내담자들을 보고 나는 늘 신기하다는 생각이 들었다. 황상민 박사는 내 질문에 이렇게 말했다.

"그보다 더 효과적인 치유 행위가 없어요. 지영 씨, 그렇게 자신에 대한 이야기를 꺼냄으로써 치유가 시작되는 거예요."

내 이야기를 꺼냄으로써 치유가 시작된다.

이야기를 꺼냄으로써 치유가 시작된다.

온종일 그 문장을 곱씹어 보았다. 몇 번을 소리 내어 읽어보기도 했다. 그러다 끝내 황상민 박사에게 다시 이메일을 적어 보냈다.

박사님, 저는 참 오랜 세월 제 마음이 무엇인지 몰라서 너무 아픈 시간을 보냈어요. 그 아픔을 고치기 위해 여러 병원을 다녔고, 약도 정말 오래 먹었어요. 그리고 저는 제가 이토록 힘든 이유를 '내가 모자라고 부족하기 때문'이라 생각하며 너무나 괴로워했어요. 그런데 박사님과의 상담을 통해서 그렇지 않다는 것을 알게 되었고, 덕분에 조금 용기가 생겼어요. 공개된 자리에서 자신의 이야기를 하는 게 가장 효과적인 치유라는 말씀이 진짜인지 확인해 보고 싶을 만큼이요. 가능하다면 그렇게 엄청난 치유를 할 수 있는 기회를 저에게, 저 자신에게 주고 싶어요. 제가 그 굉장한 치유의 기회를 김지영에게, 그리고 또 다른 김지영에게도 줄 수 있을까요?

그리고 마지막으로 이 문장을 덧붙였다.

이건 저를 위해, 그리고 지원이를 위해 분명히 가치 있는 일일 것 같아요.

새로 쓰는 파랑새 이야기,
내 삶의 주인공은 나!

3년 후.

이느 화창한 일요일 아침, 식사를 준비하고 있다. 저 멀리 욕실에서 들리는 기분 좋은 웃음소리. 어느새 다섯 살이 된 지원이에게 대현 씨가 '세수를 잘해야 재투성이 신데렐라가 공주님이 된다'고 말하는 소리가 들린다.

잠시 후 지원이가 해사한 얼굴로 달려와 내 허리를 붙잡으며 이렇게 말한다.

"엄마, 어서 책 읽어줘. 책 읽어줘!"

"엄마 지금 바쁜데?"

"어제 약속했잖아."

"지원아, 우리 아침밥도 안 먹고 어떻게 책을 읽어? 그리고 지금 엄마가 아침 준비하고 있으니까 조금 기다려야 되는 것 우리 지원이도 알지?"

나를 붙잡고 자꾸만 응석을 부리려는 지원이를, 대현 씨가 눈치껏 불러 식탁 위에 수저도 놓고 물컵의 위치도 조정하게 했다. 그렇게 세 식구가 단란하게 아침 식사를 마치고, 어느 틈에 지원이는 책 한 권을 들고 달려와 읽어달라며 다시 조르기 시작했다. 그러자 대현 씨는 지원이에게서, 엄마와 운동을 함께 나가기 전까지 딱 30분만 책을 읽을 것이라는 약속을 미리 받아둔다. 그제야 대현 씨는 설거지를, 나는 지원이를 옆에 앉혀두고 『파랑새』라는 동화책을 펼쳐 들었다.

　"지원아, 어제도 그제도 읽었는데, 또 『파랑새』가 읽고 싶어?"

　"응, 또 읽고 싶어."

　"음, 그럼 오늘은 지원이가 엄마에게 먼저 읽어주면 어때?"

　"나 글자를 모르는데 어떻게?"

　"그림을 보면서 이야기하면 되지? 게다가 엄마랑 아빠가 다 같이 도와줄 거야."

　"음…, 그럼 내가 한번 해볼게."

　싱크대 물소리 사이로 대현 씨의 목소리가 들려왔다.

　"우와, 우리 지원이가 『파랑새』를 들려준다고? 아빠도 너무 궁금하다! 어서 해봐! 아빠도 이거 빨리 끝내고 지원이 옆으로 갈게."

　"어, 빨리 와, 아빠. 어서! 음…, 그러니까 옛날 옛날에 작은 오두막 집에 오빠랑 여동생이 살았는데, 그 집에 요술쟁이 할머니가 막 찾아왔어요. 그리고, 어, 그 할머니가 오빠랑 여동생한테 파랑새를 찾아달라고 부탁했어요."

이때 지원이에게 슬쩍 질문을 던져본다.

"아니, 왜? 요술쟁이 할머니는 왜 파랑새가 필요했을까?"

"어, 그게, 엄마, 도와줘. 아니다, 아빠! 할머니는 파랑새가 왜 필요했대?"

지원이의 질문이 집 안 가득 울려 퍼지자 대현 씨는 설거지를 하다 말고 거실로 나와 이렇게 대답한다.

"왜 그…, 요술쟁이 할머니의 딸아이가 무슨 병에 걸렸는지는 알 수 없지만 몹시 아프다고 해서, 할머니가 아픈 딸을 위해서 파랑새를 찾아달라고 부탁했잖아."

다시 지원이가 이야기를 이어 간다.

"아, 맞다. 그리고 오빠가 할머니에게 물어. 어…, 할머니, 딸이 어디가 아픈 거예요?"

다시 대현 씨가 말했다.

"그랬더니 할머니가 '우리도 정확히는 몰라. 아무튼 그 아이는 행복해지고 싶어 한단다.' 이제 지원이가 다시 이야기해 볼래?"

"응."

그제야 자신감이 조금 붙은 지원이가 이야기를 마음껏 이어 나가기 시작했다. 나는 지원이를 도와 이야기에 맞추어서 그림책을 한 장 한 장 넘겨준다.

이어지는 파랑새 이야기. 주인공 남매는 할머니의 아픈 딸이 행복해질 수 있도록 파랑새를 찾아 모험을 떠나게 됩니다. 그들은 파랑새가 있을 거라고 여겨지는 추억의 나라, 밤의 궁전, 숲속, 공동묘지, 행복의 정원, 미래의 나라를 방문합니다. 그곳에서 그들은 때때로 파랑새를 발견하고 잡아서 새장에 넣어두지만, 이상하게도 매 장소를 떠날 때마다 파랑새는 이미 죽어 있거나 색이 변하거나 날아가 버리고 맙니다. 결국 그 모험의 끝에 남매는 파랑새를 찾지 못하고 집으로 돌아와 요술쟁이 같은 옆집 할머니를 만나게 됩니다. 그리고 마침내 자신의 집에서 키우던 파랑새가 진짜 파랑새였음을 깨닫고 옆집 할머니의 아픈 딸에게 그 파랑새를 선물합니다. 내내 아프던 딸은 그 새를 받고 병석에서 일어나 행복해합니다.

마침내 이야기가 끝이 나자 지원이가 나에게 질문했다.

"엄마, 그런데 왜 요술쟁이 할머니 딸이 직접 파랑새를 찾으러 가면 안 되는 거야? 아프면 파랑새를 직접 찾으러 못 가는 거야?"

"글쎄, 엄마도 그건 생각을 못해봤네. 지원이는 아픈 딸이 파랑새를 스스로 찾았으면 좋겠어?"

"응, 자기가 찾는 게 제일 멋지잖아. 스스로 하는 게 좋은 거라고 했잖아, 뭐든지."

어느새 설거지를 마친 대현 씨가 지원이에게 물어보았다.

"우리 지원이는 파랑새가 무슨 뜻인지 알고 있어?"

"파랑새? 그거 행복이잖아. 행복!"

"우와, 그럼 지금 지원이는 아픈 딸이 자기 행복을 스스로 찾아야 한다고 이야기한 거네. 그렇지?"

"응, 맞아!"

"이야, 우리 지원이 진짜 멋지다. 아파도 슬퍼도 힘들어도 병들어도 자기가 스스로 행복을 찾아야 한다는 거잖아. 그렇지?"

지원이는 아빠의 말에 즐거운 얼굴로 엄마와 아빠를 번갈아 보면서 이렇게 말했다.

"응. 나는 아파도, 슬퍼도, 힘들어도 내 파랑새는 내가 찾을 거야. 저기 저 오빠랑 여동생한테 찾아달라고 하지 않고 말이야."

지원이의 다부진 이야기에 코끝이 시큰해졌지만 가볍게 웃어 보였다. 이어 지원이의 보드라운 뺨을 쓰다듬으며 말했다.

"그럼 이제 책 다 읽었으니까 엄마랑 아빠랑 지원이랑 모두 다 건강해지게 운동하러 나가도 되지?"

"응, 어서 갔다 오자! 그리고 엄마, 우리 나갔다가 집에 돌아오면 엄마는 글쓰기, 나는 그림일기. 맞지?"

"응, 맞아. 이제 지원이는 어서 방에 가서 모자 쓰고 나오세요. 자, 어서요!"

지원이가 토끼처럼 신이 나 작은방으로 들어가서는 모자를 찾아 서랍을 여닫았다. 기분 좋은 햇살이 집안을 가득 채운다. 그 어느 때보다 평화로운 풍경이다. 그 순간 대현 씨가 내 손을 따스하게 잡으며 이렇게 말했다.

"저 요술쟁이 할머니 딸이 지영이 너 같아."

"어?"

"그게…, 원래 동화의 아픈 딸 말고, 우리 지원이가 새로 만든 동화 속 아픈 딸 말이야. 자기 행복을 자기가 찾겠다고 모험을 떠나는 그 멋진 딸이 지영이 너 같아."

"뭐? 정말? 하하하."

대현 씨가 그 어떤 순간보다 확신에 차서 고개를 세차게 끄덕여 보였다.

"고마워요, 오빠."

우리 두 사람의 눈에 뜨거운 눈물이 차오를 것만 같았다. 끝내 눈물을 감추지 못한 나를 대현 씨가 가볍게 안아주었고, 나는 기분 좋게 떨리는 목소리로 입을 열었다.

"진짜, 진짜 말인데…, 오빠, 나 대신에 행복을 찾아주겠다고, 내 마음을 찾아주겠다고 나서지 않고, 내가 스스로 찾을 수 있게 기다려 주고 도와줘서 너무너무 고마워요."

"나도 고마워, 지영아!"

그렇게 자신이 주인공인 줄도 몰랐던, 요술쟁이 할머니의 아픈 딸은 자신의 마음을 찾아 온 세상을 헤매다 결국 마음을 찾지 못하고 집으로 돌아왔다. 그리고 마침내 자기 안에 고이 자리하고 있던 마음을 발견하고는 진정한 자신이 되어 가는 그 길 위에 섰다. 그렇게 이야기는 시작되었고, 동시에 그렇게 불가능할 것만 같았던 치유가 이루어진 순간이었다.

"행복에 대한 생각을 하고
행복하려고 노력할 때
아픔이 사라지는 게 아니라

자신이 왜 아프고
어떻게 해서 아프게 되는가를
알게 될 때
아픔은 사라지고 행복해지는
역설이 숨어 있다."

두 팔을 위로 쭉 뻗으며 기지개를 켰다. 한껏 젖힌 등과 의자 등받이 사이에 폭신한 감촉이 느껴졌다. 돌아보니 밤마다 글 쓰는 엄마를 위해 지원이가 가져다 놓은 곰돌이 모양의 쿠션이 빼꼼 얼굴을 내밀고 있었다. 어느덧 11시 6분이었다. 뒷산의 전망대까지 오르기 시작하면서부터 밤 11시만 넘으면 졸음이 쏟아진다. 방문 너머로 남편이 켜놓은 TV 소리가 나지막하게 들려왔다. 모니터에 펼쳐놓은 일기장에는 방금 맺은 문장의 마침표 옆에서 커서가 깜빡인다.

3월 21일

[일과] 오전 7시 기상, 7시 30분 아침 식사 준비.
9시 지원이 유치원 보내고 등산.
오후 3시 동네 서점. 오후 4시 지원이 마중.

서점에 들렀다. 신간 코너에서 류시화 시인의 시집이 눈에 띄었다. 표지에 여리여리한 꽃 한 송이가 그려져 있다. 문득 첫 상담에서 황박사님이 '섬세하고 여린 화초'라는 비유를 들어 나의 마음을 읽어주었던 것이 떠올랐다. 정확히 맞는 말이었다. 섬세하고 예민한 나는 늘 남들처럼 평범하지 못하고 유별난 아이였다. 누구나 다 거쳐가는 수험 생활과 대학 생활이 버겁기만 했다. 여기저기가 아파진 나는 병원을 전전하다가 결국 정신과에 가게 되었다. 마음의 감기라던 우울증, 조울증 때문에 나는 그때부터 12년이 지난 시간까지 약을 먹었다. 정말이지 끔찍하고 지독한 감기였다.

그런 나에게 지원이가 와주었다. 약을 먹고 종일 누워만 있는 엄마의 모습을 지원이에게는 절대로 보여주고 싶지 않았다. 소심하고 예민해도 지원이와 손잡고 나란히 걸을 수 있는 엄마가 되고 싶었다. 너무도 간절히.

3시 40분, 시집 한 권을 사서 서점을 나섰다. 유치원 버스가 도착할 때까지 시간이 충분해서 걸어가기로 했다. 산수유 나뭇가지 끝마다 몽글몽글 노란 꽃망울이 돋아 있었다. 가장 빨리 피는 봄꽃. 지원이 에게 봄소식을 전해줄 생각에 걸음이 빨라졌다.

어느덧 익숙한 길에 들어섰다. 8층짜리 상가건물에 걸린 간판 중에 유독 하나가 두드러져 보였다. '우리가족 신경정신과의원.' 선명한 초록색으로 쓰인 간판만 봐도 자꾸만 어깨가 움츠러들어서 얼마 동안은 일부러 이 길을 피해 다니기도 했었다. 5년 전과 별로 달라진 것 없어 보이는 출입문으로 사람들이 여럿 들락거리는 게 보였다. 건물 입구에 세워진 병원 입간판도 그대로였다. 훌쩍 자란 지원이의 키보다 작은 입간판이 그때는 왜 그리도 커보였는지, 결코 내가 넘지 못할 단단하고 높다란 벽 같았다.

에필로그

노크 소리와 함께 방문이 열렸다. 남편이 빠끔히 열린 방문 틈으로 왼손을 좌우로 흔들었다. 이제 자러 가겠다는 신호다. 내가 글을 쓰고 있을 때면 최대한 방해하지 않으려는 남편 나름의 배려이다. 그의 손인사에 대한 화답으로 나는 옅은 미소를 지어 보였다. 그리고 블로그에 일기를 업로드하고 컴퓨터 전원을 껐다. 잠잠한 고요가 찾아왔다. 창밖으로 맞은편 아파트 동이 보였다. 몇몇 불 켜진 창문이 어둑한 밤을 네모나게 밝히고 있었다. 가끔씩 창문 너머에 사는 사람들의 삶을 상상해 본다. 제각각 다른 이유로 행복해하고, 서로 다른 아픔 때문에 불행해할 그들의 이야기가 궁금해졌다. 그중 한둘은 어쩌면 밤을 새하얗게 지새우는 나날을 보내고 있을지도 모른다. 누구도 알아주지 않는 고통을 야음 속에서 혼자 삭히고 있을 그들 곁에는 두툼한 약 봉투만 가득할지도 모른다. 나의 아픔이 무엇에서 비롯되었는지 스스로 보지 못했던 그때 나의 책상 서랍처럼.

5년 전에는 꿈조차 꿀 수 없던, 기적 같은 오늘을 나는 살아가고 있다. 여전히 남들에게 나는 별것 아닌 일에도 감정이 북받치고 내 잘못인 것만 같아서 불안해하는, 그때와 별반 다르지 않게 섬세하고 예민한 김지영이다. 그럼에도 나 자신은 어딘가가 고장 난 기계가 아니라는 것을 이제는 알고 있다. 창문 너머에 살고 있는 당신에게도 내가 만들어 가는 삶에 대해 말해주고 싶다. 당신의 마음을 몇 개의 단어와 몇 줄의 문장으로 적어 또박또박 소리 내어 읽을 수 있다는 것. 그렇게 자신의 마음을 읽을 수 있다면, 형벌처럼 느껴지던 아픔이 때로는 나답게 살아가는 삶의 열쇠가 되기도 한다는 것. 이것이 바로 모두가 자신을 위해 스스로 할 수 있는 일이라는 것도. 짙은 어둠에 가리워진 당신에게 나의 이야기가 가닿기를, 그리고 그곳에서 당신의 이야기가 시작되기를 바라본다.

　자신의 이야기를 시작하면서 비로소 아픔은 치유된다.
　당신의 아픔 역시.

"아픔, 통증은
몸의 이야기가 아니라
마음의 이야기이다."

유튜브 채널 '황상민의 심리상담소'의 2021년 명절 특집 5부작 〈상담실에서 만난 현실의 82년생 김지영〉을 혹시 보셨나요? 이 방송은 대한민국에서 마음이 아파 정신과에 들러 약이라도 받아서 몸을 거의 마취 혹은 마비시킨 상태로 지내고 계신 분들을 위해 만들어진 방송입니다. 어떻게든 괴로운 현실을 견뎌내면서 지내야 하는 많은 사람들에게 자신의 마음을 찾을 수 있을 뿐 아니라, 스스로 이 괴로움에서 벗어날 수 있다는 것을 알려주기 위해 이 방송은 만들어졌습니다. 그리고 드디어 이 방송이 책으로 나오게 되었습니다. 이미 내용을 접하신 분들은 다음과 같이 질문하기도 합니다.

"아니, 어떻게 자기 마음을 찾는 것이 가능한가요? 정신병이라고 진단을 받았으면 나의 마음이 아픈 것뿐 아니라 내가 '미쳤다'는 뜻이잖아요. 이런 경우에도 약 말고 다른 치료 방법이 있나요?"

"의사 선생님 말로는 정신과 약을 한번 먹게 되면 '재발'의 위험이 있기 때문에 절대 마음대로 약을 끊으면 안 된다고 하고, 우리 가족은 약을 거르면 내가 더 이상해질까 봐 심각하게 걱정하는데요. 정말 약을 안 먹고도 정신병을 치료할 수 있는 거예요?"

"정신병동에서는 자꾸 약을 제대로 먹었는지 감시하고, 뭔가 조금 다르게 행동하거나 말하면 바로 '약 먹었니?' 하며 확인하더라고요. 정신병동에 갇힌 사람들에게는 왜 심리치료 같은 것을 해주지 않나요?"

"이 책은 정신병에 걸린 사람들 역시 심리치료나 심리상담으로 병이 나을 수 있다고 알려주는 것인가요?"

상담 방송 또는 이 책을 접하고 혹시 위와 같은 생각이 들었다면, 이 상담 사례를 오해하신 것 같습니다. 약칭 『92년생 김지영』은 무엇보다 현재 정신과 약을 복용 중이면서 힘겹게 자기 마음의 아픔을 치료하려는 분의 현실적 고민과 상황을 있는 그대로 알리기 위해 만들어졌습니다. 아니, 실제로 일어난 상담 사례를 가능한 한 그대로 대중과 공유하기 위해서 소설의 형태로 구성한 것입니다. '심리상담'이나 '심리치료'에 관심을 갖고 또 학습하기를 바라는 사람에게는 상담 사례 학습 자료로도 활용될 수 있습니다.

　이 사례에서 확인할 수 있듯이 21세기 대한민국에서는 '마음이 아픈 사람'들에게 '정신병 환자'라는 이름을 붙이고 정신과 약물로써 그 사람들이 약물 중독자로 살아가게 하고 있습니다. 심지어 이 같은 일이 '의료 서비스', 정신과 의사들의 '전문 치료 활동'이라는 형태로 일어나고 있습니다. 더욱 심각한 문제는, 이런 활동이 많아질수록 마음이 아픈 사람은 자기 마음을 더욱더 알 수 없게 되고, 자신의 아픔을 스스로 파악하여 해결할 기회를 놓치게 된다는 것입니다. 그럼에도 현재는 이러한 일이 너무도 당연하게 여겨지기 때문에 어느 누구도 의문을 제기하지 않고 있습니다. 마음이 아플 때 정신과 병원을 찾는 것은 절이나 교회에 가서 기도하는 것 만큼이나 자연스러운 생활의 일부가 되었습니다. 하지만 이렇게 정신과 약물을 통해 마음의 아픔을 해결하려는 사람들은 실제로 자기 삶의 어려움을 풀지 못하고 있습니다. 따라서 이 책은 '마음의 아픔'을 겪고 있는 사람들이 '고통에서 제대로 벗어날 수 있는 방법'의 한 가지 사례를 그대로 알리기 위해서 펴

낸 것이기도 합니다.

우리 대부분은 이렇게 질문하기도 합니다.

"'정신과 의사가 하는 상담'과 심리학자나 심리상담사가 하는 '심리상담' 혹은 '심리치료'에는 어떤 차이가 있나요? 그냥 환자(내담자)라는 사람과 상담자가 이야기를 하면 그것이 바로 심리상담, 심리치료 아닌가요? 정신과 의사가 하면 정신 상담이고, 심리학자나 상담가가 하면 심리상담일 뿐 차이는 없잖아요. 그리고 정신과 의사는 상담은 물론 정신과 약까지 처방해 주니까 다른 상담보다 효과가 더 좋은 것도 사실이고요."

다시 말씀드리자면 『92년생 김지영』은 '심리상담' 또는 '심리치료'라는 것이 무엇인지, 그리고 정신과 약으로 마음의 아픔을 나름 해소할 수 있을 것이라고 기대하는 분들에게 실제로 '마음의 아픔'을 겪는 사람이 어떻게 살아가고 있는지를 생생하게 보여주기 위해 마련된 '다큐 소설'입니다. 소설 『82년생 김지영』과 영화 〈82년생 김지영〉은 모두 '여성으로서 살아가는 것과 아이 엄마로서 겪는 양육의 어려움, 그리고 결혼 생활의 어려움'에 초점을 맞추고 있습니다. 그런데 김지영 이야기의 진짜 핵심은 주인공이 자신의 마음을 알고 자신의 정체성을 어떻게 찾아가느냐 하는 것입니다. 이 과정에서 주인공은 자신의 마음이 무엇이며 그것이 어떻게 드러나는지를 제대로 알지 못해 그 '마음의 아픔'을 단지 '정신병'으로만 보고 그 병을 치료하려 할 수밖에 없었던, 안타까운 상황이 계속해서 나옵니다.

이러한 현실에서 많은 사람들이 '정신병'이라 진단받는 '마음의 아픔'이란, '정신병'이 아니라 누구나 자신의 마음이 무엇인지 모를 때 겪게 되는 아픔이며, 그 아픔의 다양한 표현들임을 다시금 여러분과 확인하기 위해 기획하게 되었습니다. '마음의 아픔'은 정신병이 아닙니다. 단지 나의 마음을 내가 알지 못할 때, 내가 내 삶의 주인공으로 살아가지 못할 때 일어납니다. 심리상담 또는 심리치료가 정신과 의사의 상담이나 약물치료와 다른 지점이 바로 이것입니다. 정신병이란 어떤 사람의 생각이나 행동으로 나타나는 '증상'이라는 것에 정신과 의사가 'OO병'이라 이름을 붙임으로써 시작됩니다. 의사가 이렇게 '정신병명'을 붙이고 그 환자의 '뇌와 신경계'에 문제가 있을 것이라고 믿는 순간, '정신병'이 그 환자에게 생겨나는 것입니다. 정신과 의사가 환자에게 'OO병입니다' 하고 말하는 순간에 만들어지는 병이 바로 '정신병'이지요. '뇌와 신경계의 이상이나 문제'라는 이야기는 막연히 그렇게 믿고 싶은 것이지, 환자의 증상과 연결되는, 뇌나 신경계의 이상이나 그 흔적 등을 정확히 찾을 수 없는 것이 현대의학의 한계이자 실제 상황입니다.

그렇다면 이상한 행동이나 사고를 하는 듯한 사람을 어떻게 대해야 할까요? 만일 당신이 그런 증상을 보이는 경우라면 어떻게 자신의 마음을 찾고 또 바꿀 수 있을까요? 이럴 때 우리는 바로 '약을 먹거나 상담을 받아야 하는 것 아닌가?' 하는 생각을 쉽게 합니다. 약 아니면 상담, 혹은 약과 상담을 병행하는 것이 마치 이러한 상황의 정답인 것처럼 막연히 인식하는 것이지요.

우리는 마음의 아픔이 생기면 꼭 '약'이나 '상담' 중에서 선택해야 할 것처럼 생각하게 되는데, 이는 삶이 어려울 때 절대자에게 기대고 싶은 마음과 그리 다르지 않습니다. 아래의 글은 어느 정신과 의사가 신문에 기고한 글입니다. 이 글은 정신과 의사의 전문 영역을 알리기 위해 쓰인 것 같습니다. 다만 정신과 의사의 전문 영역을 마치 땅따먹기의 대상 정도로 잘못 이해하신 듯합니다.

"잘못된 인지 구조와 자동사고를 파악해 치료하는 일, 동기를 부여하고 강화하는 일, 물질 남용 혹은 의존을 치료하는 일.

이 모두는 정신과 의사의 전문 영역입니다. 스트레스와 음식의 잘못된 연계 사슬을 끊고, 체중감량에의 동기를 부여하며 강화하고, 남용 및 오용의 위험성이 있는 약물들을 처방하는 일은 사실 정신과 의사가 늘 하는 일이기도 하며 제일 잘 할 수 있는 일이기도 할 것입니다."

출처: 정신의학신문 ── 비만을 왜 정신과에서 치료하나요?
http://www.psychiatricnews.net/news/articleView.html?idxno=21940

인간의 잘못된 인지 구조와 자동사고를 파악하거나 한 개인에게 동기를 부여하고 강화하는 일 등은 정신과 의사의 전문영역이 아닙니다. 이런 영역의 연구활동은 심리학자나 기타 관련 분야의 다양한 학자들이 수행합니다. 정신과 의사는 환자들의 아픔을 진단하고 치료하는 일에 이런 지식을 활용한 서비스를 제공하는 전문가일 뿐입니다. 몸의 문제를 다루는 의사로서 정신과 의사는 뇌와 신경계 등의 이야기를 하면서 약물을 처방하여 환자의 아픔을 처리하는 전문가일 뿐입니다. 마음의 문제를 파악하고 탐구하는 것은 심리를 연구하고 관련되는 서비스를 제공하는 사람이 해야 하는 일입니다. 따라서 위의 내용은 다음과 같이 바뀌어야 합니다.

'한 개인의 잘못된 인지 구조와 자동사고를 파악'하거나

'한 개인에게 동기를 부여하고 강화하는 일', '한 개인이 겪고 있는 물질 남용 혹은 의존, 약물중독 등을 치료하는 일'은 모두 심리상담을 전문으로 하는 사람이 해야 하는 일이랍니다. 그 개인의 마음을 파악하고 그 개인의 마음을 변화시키는 일이니까요. 하지만 현재 한 사람, 한 사람 다 다르게 나타날 수 있는 마음 혹은 심리와 관련된 일을 하는 전문가들은 거의 없답니다. 보통 이런 일을 한다고 하면 점쟁이나 사이비 심리상담 수준으로 보려 하기 쉽지요.

몸을 다루는 의사 중에서 정신과 의사는 특히 개인의 마음을 '뇌와 신경계'로 보려 하고, 약을 통해 몸이나 사고 기능을 마비 또는 억제하려고 합니다. 물론 정신과 의사가 이런 일을 전문적으로 다룬다고 할 수는 있지요. 반면 심리학자나 심리상담가는 사람의 마음 혹은 심리를 다룹니다. 그렇다고 해서 모든 심리학자 혹은 심리상담가가 '마음의 아픔'을 가진 사람들에게 적합한 것은 아닙니다. 그렇다면 심리 전문가들 사이에서 발생하는 차이는 무엇일까요? 그것은 바로 '일반적이고 보편적인 마음 또는 심리'에 대해 이야기하느냐, 아니면 바로 특별한 그 사람, 곧 '한 개인'의 마음 또는 심리에 대한 이야기를 하느냐 하는 점이 가장 큰 차이가 되는 것이지요.

무엇보다 심리상담이나 심리치료를 이야기할 때에는 일반

적이고 보편적인 마음이나 심리가 아니라 바로 한 사람, 그 당사자의 마음과 심리에 대해 이야기해야 합니다. 그래야만 '마음'이나 '심리'라는 것이 구체적인 의미를 가질 수 있기 때문입니다. '그의 우울함', '그의 마음의 아픔'은 겉으로는 아무리 비슷해 보여도 결코 '나의 우울함' 또는 '내 마음의 아픔'이 될 수 없고 서로 같을 수도 없기 때문입니다.

우리 마음의 아픔은 마치 정신병 증상처럼 나타난다고 하더라도 '뇌나 신경계의 문제'로 환원될 수는 없습니다. 무엇보다 분명한 것은, 각기 다른 사람에게서 각기 다른 방식으로 나타나는 다양한 내용의 '마음의 아픔'이란 바로 그 당사자만의 것이라는 점입니다. 물리적이고 생물적인 몸에 대해서는 각기 다른 사람에게서 나타나는 것들의 공통점 또는 일반성, 객관성을 이야기할 수 있습니다. 하지만 마음은 마음 그 자체의 특성 때문에 이를 이해하기 위해서는 당사자의 '개체성' 또는 '특수성', '주관성'을 고려해야만 합니다. 그렇기에 어느 한 사람의 '마음의 아픔'은 다른 누군가가 판단할 수 있는 대상이 아니며, 그 사람 스스로가 그 의미와 내용을 파악해야 하는, 그 사람만의 '아픔'이자 '통증'입니다.

이렇기 때문에 심리상담가든 의사든 누군가가 이 사람의 마음의 아픔을 진정으로 치료하려 한다면, 그는 자신의 환자

(혹은 내담자)가 스스로 자기 마음 아픔의 정체를 파악하고 자신의 마음을 찾을 수 있도록 도와주어야만 합니다. 병든 나의 몸이나 마음을 누군가가 알아서 잘 치료해 줄 것이라고 믿는 것은 절대 금물입니다. 이러한 태도는 미신과 다름이 없습니다.

의사들이 우리 마음의 아픔에 대해 '병명'을 붙일 수는 있습니다. 그런데 이럴 때 그들이 할 수 있는 치료는 '약물'을 처방하는 것뿐입니다. 하지만 마음의 아픔을 겪는 사람에게 정작 필요한 것은 그의 몸과 마음을 마비 또는 마취시키는 약물이 아닙니다. 그보다는 스스로 자신의 마음을 알게 되는 것이 더욱 절실합니다. 또한 주위 사람들의 마음과 자신의 마음이 어떻게 다른지를 아는 것 역시 필요합니다. 이러한 것은 내담자가 스스로 자신을 찾도록 돕는, 제대로 된 '심리상담'이나 '심리치료'를 통해 가능할 것입니다.

단순히 이야기를 나누는 것과는 완전히 다른 '심리상담' 또는 '심리치료'가 있습니다. 이런 심리상담이나 심리치료는 마음의 아픔 혹은 마음의 문제를 '뇌와 신경계'의 이슈로 보려 하지 않습니다. 왜냐하면 뇌는 마음의 일부 기능을 담당하는 신체 장기이지 결코 마음이 아니기 때문입니다. 마음은 생물학적이고 신체적인 어떤 물질이 아닙니다. 그분 아니라 마음은 결코 뇌나 신경계에 자리 잡고 있지 않습니다. 그럼에도 뇌를 마음이라고 막연히 믿는 심리학자나 심리상담가들이 많습니다. 그들은 뇌를 곧 마음이라고 믿거나 '마음은 없다'고 생각하는 정신과 의사들과 결코 다르지 않습니다. 그렇기 때문에 이런 분들은 당연히 '약물치료'와 '상담'을 병행하거나 환자의 상태에 따라 각기 다르게 사용해야 한다는, 마치 정답처럼 믿고 있는 이야기를 막연히 하게 됩니다.

그들은 마음이나 심리가 결코 특정한 사람의 것이 아니라 일반적이고 보편적인 것이라고 생각합니다. 여러분의 마음이 이런 일반적이고 보편적인 마음에서 벗어났다면 여러분의 마음은 비정상 상태에 있으니 바로 약물치료나 심리상담의 대상이 된다고 그들은 믿을 것입니다.

하지만 여러분의 마음은 저의 마음과 마찬가지로 몸의 장기와 분명하게 구분됩니다. 또한 여러분 개개인은 저와 마찬가지로 각기 다르게 구분되며, 개개인 마음의 문제는 그 자체로 각각 특별하고 다 다른 마음의 문제라는 점을 꼭 기억해 주셨으면 합니다.

나는 고백한다,
김지영은 나 자신
또는 주위의 누군가임을

소감문 1

안개 속에서 내딛은 한 걸음

살아가는 동안 우리는 수많은 문제를 맞닥뜨린다. 어쩌면 삶 자체가 풀어야 할 거대한 문제처럼 느껴지기도 한다. 문제가 어렵다고 느낄수록 누군가가 나에게 답을 주거나 나를 대신해 해결해 주기를 바란다. 주변을 둘러보면 남들은 답을 찾아 성큼성큼 앞으로 나아가는 것만 같다. 확신에 차 보이는 그들의 뒤통수를 헐떡이며 좇다 보면, 어느새 희뿌연 안개에 가로막히고 만다. 더듬거리는 손끝마다 뚜렷이 닿는 내 몸뚱어리에 대한 감각은 틀림없이 내가 여기 있다는 것을 확인시켜 준다. 하지만 나는 나를 볼 수 없다. 어디로 가야 할지도 알 수 없다. 한

치 앞이 보이지 않는 막막함의 한가운데 서서 그저 망연자실해 지고 만다. 분명코 나는 존재하고 있음에도 나는 나를 잃어버린 것만 같다.

92년생 김지영 씨도 그랬다. 꾹꾹 눌러놓은 불안과 두려움이 주체할 수 없어 밖으로 미어 나왔을 때 지영 씨는 크나큰 아픔을 겪었다. 그녀의 아픔은 그 자체로 문제가 되어 버렸고, 문제의 답을 구하기 위해 병원을 찾았다. 지영 씨의 아픔은 아픔 전문가인 의사에 의해 몸 따로, 마음 따로 분류되어 '병'으로 진단되었다. '내가 이렇게 힘들어하는 것은 ○○병에 걸렸기 때문'이었음을 알게 된 것만으로 지영 씨도 그녀의 어머니도 안심할 수 있었다. 그러나 실제로 몸의 아픔과 마음의 아픔에 부여된 병명은 지영 씨에게 결코 문제의 원인을 알려주지 못했다. 치료 효과가 있다던 약은 그녀에게 전혀 답이 되어주지 못했다. 그녀의 아픔은 조금씩 변주되며 세월이 흐를수록 점점 더 정체를 알 수 없게 되었다.

스무 살의 지영 씨는 자신이 남들처럼 살아갈 수 있길 바라며 약을 삼켰다. 그녀의 가족들도 지영 씨가 약의 효과로 약간이나마 평온을 찾길 바랐다. 괴로움에서 잠시나마 격리되기를 바랐다. 약이 지영 씨의 문제를 해결해 주는 답이 아니라는 것은 지난 12년 동안 의심할 여지없이 입증되었음에도 불구하고 지영 씨는 모두에게 어딘가가 고장 난, 고쳐야 할 대상이었고, 약 말고는 달리 이렇다 할 방도가 없었다.

한 아이의 엄마가 되고 나서야 지영 씨는, 12년 동안 해결되지 않은 채로 자신을 옭아맨 병과 약에서 벗어나고 싶어졌다. 그러나 짙은 안개 속에서 한 발짝을 내딛는 것은 그 누구에게도 쉽지 않은 일이었다. 지영 씨는 용암처럼 들끓는 가슴을 부여잡고 황싱민 박사를 찾아왔다. 그리고 황 박사와 함께 자신의 마음을 하나하나 읽어 감으로써 오랜 세월 엉겨 붙어 자신을 짓눌렀던 아픔의 정체를 확인할 수 있었다. 지영 씨는 누구도 알아주지 않고, 자신마저 보려고 하지 않았던 자기 마음을 마주하고서야 비로소 웃을 수 있었다. 막막하고 두렵기만 했던 한 걸음을 스스로 내디딜 수 있게 되었다.

지영 씨는 말한다. 스스로가 부족하고 잘못됐다는 생각으로 괴로워하고 자신을 탓하며 그저 기나긴 시간을 견뎌왔다고. 그런 그녀에게는 아프지 않을 이유도 아픔이 사라질 겨를도 없었다. 고치려고 했으나 할 수가 없어서 외면했던 자신의 마음을 알게 됨으로써 지영 씨는 자신의 아픔을 치유할 힘을 얻게 되었다. 예민하고 섬세하고 불안한 자신을 있는 그대로 인정함으로써 자신이 고장 난 기계가 아니라는 것을 알게 되었다.

김지영 씨의 삶은 나의 오늘과도 맞닿아 있다. 이는 그녀가 아이 엄마로, 딸로, 아내로서 대한민국에서 동시대를 살아가는 '여성'이라는 보편성을 띠고 있어서가 아니다. 지영 씨의 삶은 현재를 살아가고 있는 우리들의 모습을 그대로 투영하듯 보여준다. 자신이 누구인지, 어떻게 살아가야 하는지를 모른 채로 막연히 정답을 찾아 자욱한 안개 속을 더듬더듬 헤매고 있는 나의 모습이자, 21세기 대한민국에서 살아가는 우리들의 모습이다. 만약 당신이 진한 아픔을 겪고 있다면, 해결되지 않는 아픔에서 벗어나고자 한다면, 막연한 정답이 아닌 자기 아픔의 정체를 알아야 한다. 누군가가 대신 해결해 주길 바라는 것이 아니라, 스스로 자신의 마음을 읽어야 한다. 치유는 자신의 이야기를 꺼내는 것으로 시작된다. 김지영 씨가 그러했듯이.

제 친구가 김지영인데요!

안녕하세요, 박사님. 저는 황심소에서 지난 설에 방영된 〈심리상담실에서 본 82년생 김지영〉을 뒤늦게 보고선 애청자가 된 30대 중반의 미혼 여성입니다. 사실 저는 소설 『82년생 김지영』에 공감하지도 못하고 이상하리만큼 내용이 불편하게만 느껴졌는데, 황심소에서 현실 속 82년생 김지영의 삶과 문제를 이해할 수 있게 해주셔서 정말 감사하다는 이야기를 뒤늦게나마 전해봅니다. 그리고 저의 고민도 해결해 주십사 사연을 적어 봅니다.

박사님, 저에게는 20년 지기 베스트 프렌드가 있는데, 그 친구는 재작년에 결혼을 하고 아이도 낳았습니다. 결혼 전만 해도 밝고 기운 넘치던 친구는 첫 아이 육아를 하며 밤이면 밤마다 저에게 전화를 걸어 하소연을 했습니다. 자신이 원해서 한 결혼이고, 임신과 출산인데도 너무 힘들다고 말이지요. 거기다 자상한 줄 알았던 남편은 육아에 전혀 도움이 되지 않고, 시댁과 친정의 도움도 없이 계속 울기만 하는 아이를 어떻게 해야 할지 몰라서 너무 겁이 난다고 했습니다.

저는 사실 친구가 결혼하며 디자이너 생활까지 그만두겠다고 했을 때, 꽤나 서운한 마음이 들었습니다. 디자이너 생활을 함께하며 정말 많은 의지가 되었던 친구여서 그랬다고 생각합니다. 그래서인지 저는 결혼 후 자기 이야기만 하는 친구에게 때론 서운하고, 때론 화가 났어요. 그러다가 한번은 친구에게 제가 고민하고 있는 이야기를 했더니 '너의 고민은 1인분이고, 자신의 고민은 3인분이니 네 고민을 너무 크게 생각하지 말라'고 하더라고요. 어찌나 서운하던지! 어쨌든 친구가 출산을 하고 2년 가까운 시간이 흘렀는데, 저는 그녀의 전화를 받아 힘든 이야기를 듣고 달래주는 것이 힘들고, 제 속마음을 편하게 이야기하는 것도 어려워져서 전화를 피하는 일이 많아졌어요. 그런데 작년 연말쯤, 늦은 밤에 친구가 울며 전화를 걸어왔어요. 저는 걱정이 되어서 '너무 힘들면 정신과에 가서 상담도 받고 약도 처방받아 먹어보는 것이 어떠냐'고 말했습니다.

여기까지 적고 보니 아마 박사님은 "그러면 안 되는데…" 하고 말씀하실 수도 있을 듯한데, 솔직히 저는 정신과를 가는 것이 나쁜 일은 아니라고 생각했기 때문에 그렇게 이야기했답니다. 이러한 생각의 배경에는 제가 미대 입시에 실패하고 한동안 우울증에 시달리며 정신과를 다닌 적이 있었다는 점, 그리고 첫 회사 생활에 적응하는 것이 너무 힘들어 잠시 공황발작이 와서 정신과를 다녔던 경험이 있었습니다. 그래서 저는 힘이 들면 누구나 정신과에 가서 도움을 받을 수 있다고 생각했습니다. 하지만 〈심리상담실에서 본 82년생 김지영〉을 비롯한 황심소 방송들을 보다 보니 저의 문제도, 제 친구의 문제도 단순히 약을 먹고 나을 수 있는 문제나 아픔이 아니라는 생각이 들었습니다.

저는 과거에 약 2년 6개월 정도 정신과에 다녔던 것 같아요. 재수하는 기간 1년, 그리고 첫 회사 생활 초반 1년 반 정도를 말이지요. 병원에 다닐 당시 저는 다정한 미소를 지어주던 차분한 성격의 의사 선생님 앞에서 약 10~15분 정도 그 누구에게도 말 못할 저의 괴로움을 털어놓고 우울증과 수면제를 받아 집으로 돌아왔습니다. 그 약이 저에게 얼마나 도움이 되었는지는 사실 8년 정도 지난 일이라 잘 기억은 나지 않지만, 그저 영양제처럼 먹었다는 생각이 오늘에야 듭니다.

지금 생각해보면 저는 재수에 성공해 원하는 대학에 들어가고, 또 직장에서는 부서를 이동하여 저를 괴롭히던 상사와 이별을 해서 심각한 우울감을 떨칠 수 있었습니다. 그렇다면 당시에는 왜 병원에 가야 했을까 하고 더 고민해보니, 저는 제가 힘들다고 주변에 말하는 것이 모두를 힘들고 괴롭게 하는 일이라 믿었던 것 같습니다. 그리고 자존심도 강한 저였기에, 정말 친한 친구에게도 때때로 속상한 일도 말하지 않고 병원에 가는 것을 선택했던 것 같습니다. 그런데 〈심리상담실에서 만난 82년생 김지영〉 현실 상담 드라마를 보고 나니, 제가 얼마나 제 마음의 아픔을 들여다보며 저 자신과 대화 나누는 것을 힘들어했는지, 그리고 차분한 얼굴로 저와 마주앉아 제 이야기만 열심히 들어주던 의사 선생님을 얼마나 더 편하게 생각했는지를 알게 되었습니다. 그래서 한동안 마음이 굉장히 불편했답니다.

여전히 두어 달에 한 번쯤 업다운은 심하게 있지만, 요즘은 제 삶에도, 디자인 일에도 자신감이 붙고 무엇을 위해 왜 일을 해야 하는지도 정리가 되어서 꽤 잘 지내고 있습니다. 그리고 상담 드라마 덕분에 제 친구가 단순히 산후우울증을 때문에 힘든 것만은 아니었다는 생각도 들었습니다. 드라마가 친구에게도 도움이 될 것 같아 김지영 시리즈 5부작 링크를 모두 친구에게 보내주었습니다. 친구는 그걸 듣고서, 남들은 대기업 다니는 남편과 잘사는 시댁에 집에서 아이만 키워도 되는 자신의 상황을 부러워만 하고, 힘들다고 하면 친구들은 '배가 불러

하는 소리'라는 말을 해서 요즘 부쩍 더 '내가 왜 이렇게 사나' 괴로워하고 있었는데, 황심소 방송이 엄청난 위로가 되었다고 하더라고요. 그러면서 자신도 운동을 다시 시작해야겠다고, 몸이 너무 힘들어서 마음도 더 힘들어지는 것 같다고 했습니다.

  그런데 박사님, 저는 최근 어머니 친구분이 자살을 하셨다는 이야기를 들었습니다. 돌아가신 분은 어머니 친구 중에서 가장 부자로, 대기업 임원인 남편과 미국 명문대에서 유학 중인 아들과 딸이 있으셨어요. 그분은 아이들이 중학교를 졸업하고 미국으로 유학을 간 이후부터 엄청나게 힘들어하셨다고 해요. 그러다 우울증으로 병원을 오가고, 우울증이 점점 심해져서 결국 병원 입원과 퇴원을 반복하며 몇 년을 보내셨다고 합니다. 이번에도 일주일 정도 입원했다가 퇴원하신 지 얼마 안 되어서 자살을 하셨다고 해요. 이 소식을 전해 듣고 어머니와 친구들은 코로나 19로 장례식에는 참석하지 못한 채, 전화기를 붙잡고 이른 퇴원을 시켰던 친구의 남편분을 원망해야 하는지, 병이 낫지도 않았는데 퇴원시켰던 의사를 원망해야 하는지, 그것도 아니면 무정하게 죽은 친구를 원망해야 하는지 모르겠다는 말씀을 나누셨다고 합니다.

박사님, 저희 어머니는 친구분 일을 경험하시고서 요 며칠 몸살도 나고 심장이 벌렁거리고 잠도 안 온다며, 결국 내과에 가서 신경안정제와 수면제를 잔뜩 처방받아 오셨습니다. 도대체 우리는 어떻게 해야 하나요? 박사님 이야기를 가만히 들어보면 나를 알고, 내 욕망과 삶의 의미를 찾으면 내 마음의 문제를 해결할 수 있다고 하시는 것 같았는데요. 한편으로는 박사님 말씀이 이해가 되지만, 이런 일을 보고 들을 때마다 어찌해야 할지 모르겠습니다.

감사한 마음 반과 답답한 마음 반으로 이 글을 적습니다.

방송 댓글 모음: 우리 모두가 지영 씨와 비슷하게 삶을 살고 있진 않을까요?
─ 세상의 모든 김지영을 응원하며

ID: 애니애니

전화기 너머로 들려오는 김지영 씨의 파르르 떨리는 목소리에 예민하고 섬세하며 착한 로맨티스트-매뉴얼 유형의 아들을 둔 임마로서 아주 많이 안타깝고 안쓰러웠어요. 사실 저도 저를 너무나 괴롭히는 아이를 데리고 정신과에 간 적이 있어요. 하지만 제가 상담을 받고 약을 먹어보니 며칠만 먹었는데도 기절을 하기도 하고, 차창에 내리는 빗방울이 벌레로 보이기도 하고, 30년씩이나 하던 운전 방법이 전혀 기억 나지 않기도 해서 약을 바로 끊고, 2년간 PT를 주 3회씩 받고 종일 걸으면서 깨어날 수 있었어요.

저 역시 황 박사님께 개인 상담을 받으며 저라는 사람이 어떤 사람인지 더 확실히 깨달을 수 있었어요. 저는 직관적으로 깨닫기를 잘하는 '아이디얼리스트-셀프' 성향의 사람이고, 아들은 '로맨티스트-매뉴얼'인지라 서로 많이 달라서 그렇게 부딪혔던 거였어요. 아들은 다행히 약 복용은 하지 않았고, 강남의 작은 정신의학과 개인 병원 의사 선생님께 6개월 동안 상담만 받았습니다. 아들은 물론 상담을 받으면서도 계속해서 저를 못살게 구는 성향은 없어지지 않아서 결국 독립을 하고 유학을 가게 되었습니다. 제가 먼저 황 박사님께 상담을 받으며 마음을 추슬렀기에 유학 간 아들의 힘든 이야기도 들어주며 어르고 달래줄 수 있었어요. 아들은 무사히 한 학기를 마치고 방학이라 귀국해 오피스텔에서 지내고 있는데, 저의 권유로 운동은 하고 있어요. 황 박사님께 상담을 받아보기를 권했지만 싫다고 해서 지금은 기다리고 있는 중입니다. 유리알같이 연약한 아들의 심리를 알기 때문에 언젠가 마음의 문을 열기를 기다리고 있답니다.

ID: 연구하는 코끼리

영화 〈82년생 김지영〉은 정신과에 대한 잘못된 환상을 심어주고 있어요. 정신과 약을 먹고 소설가가 됐다는 것은 거의 거짓말이나 사기 수준이라 생각돼요. 정신과 약은 약의 이름으로 사람을 가두는 새로운 형무소라고 생각해요. 착하고 섬세한,

세상의 많은 김지영 님들이 엉뚱하게도 정신과에 이끌리고 있는 현실이 개탄스러워요. 부디 현실 속 김지영들이 섬세하고 여린 면은 병이나 증상이 아니라 그녀들의 있는 그대로의 모습이자 장점일 수도 있다는 것을 깨달았으면 해요. 그들은 절대 병자나 환자가 아니니까요.

저는 살아있는 우리들이 각자 자신의 마음을 얼마나 잘 이해할 수 있는지가 정말 중요하다고 믿었어요. 그런데 이 방송을 보면서, 한 걸음 더 나아가 내 주위 사람들의 마음을 내기 잘 이해할 수 있을 때, 우리가 서로의 싦에 힘과 버팀목이 되어줄 수 있겠구나 생각하게 되었어요. 그런 세상이 사람 사는 세상이겠구나 싶기도 했고요. 오늘도 하나 또 배웠네요. 황심소는 정말이지 늘 멋져요.

살아가면서 느끼는 삶의 무게 앞에서 우리는 넘어지기도 하고 아파하기도 해요. 이 방송을 보니 각자 삶의 무게를 서로 비교하며 '네 아픔쯤이야…. 그만 징징거려.' 이렇게 가벼이 여기고 폄훼하지는 말아야지 하는 생각이 들었어요. 적어도 누군가가 우리에게 소중한 사람이라면 그의 마음을 이해하려 노력하고 잘 모르면 그 마음을 물어볼 줄 알아야겠다는 생각도 해보

앉어요. 가족이라는 이름으로 정신과 약을 먹으라고 강요하는 것은 명백한 학대라는 생각이 들었고, 관련해서 내담자의 말을 듣는 내내 마음이 아팠어요.

ID: 김동호

지영 씨는 모든 이야기를 스스로 했고 박사님은 그 이야기를 잘 들어주고 정리해 주었을 뿐인데, 지영 씨가 그렇게 속시원해 하는 부분에서 놀라웠어요. 그때까지는 아무도 그렇게 이야기를 들어주지 않았다는 뜻이니까요. 남편도, 부모님도, 심지어 의사까지도요. 슬픈 일인 것 같습니다.

ID: PINTO

제 아내도 임신 초기 입덧이 극심할 때, 차라리 죽어버리고 싶다는 말을 자주 했습니다. 분명히 끝이 있는 고통이니까 조금만 버티자고 다독이며 그 시기를 겨우 지났어요. 다행히 임신 중기로 넘어가면서 괜찮아졌어요. 그리고 그런 고통도 어느덧 잊고 둘째까지 갖게 되었고요. 둘째 때도 입덧이 심하기는 했지만, 한 번의 경험이 도움이 되었는지 잘 버티고 중기로 넘어왔습니다. 내담자분도 그 시기를 잘 보내시고 언젠가 웃으며 이야기할 수 있기를 바랍니다. 진심으로 응원합니다.

ID: Sunny Roh

과학, 의학, 기술의 탈을 쓰고 우리 사회를 협박하는 새로운 미신과 첨단 우상을 차근차근 깨부숴 오신 황 박사님. 그리고 황 박사님의 도움을 받아 차분하게 스스로를 돌아보고 자신의 참모습을 찾아가는 내담자의 변화된 모습이 무척이나 감동적입니다.

남편분 역시 그동안 배우자의 발작적인 모습과 끔찍한 병명에 얼마나 걱정이 되셨을까요? 아내를 사랑하고 가정을 지키고 싶은 마음이 있었지만 혼자 얼마나 답답하고 힘들었을까…. 그 고민의 무게가 충분히 느껴졌습니다. 저는 남편분도 고민의 무게를 그냥 감내하는 것으로 그치지 말았으면 합니다. 무기력해 보였던 아내분이 자신의 마음을 돌아보게 되면서 자신의 문제를 스스로 파악하고 해결해 나갈 수 있었듯이, 남편분 역시 아내와 아이에 대한 사랑의 힘으로 현대 의학이 만들어 놓은 미신을 뛰어넘을 수 있기를, 그리고 멋진 남편 분이 될 수 있기를 응원합니다.

그간 내가 걸어온 길

20세 항공운항과 낙방.
간호대 합격했으나
오리엔테이션 참석 이후 재수 결심.
통증으로 공부에 집중하기 어려워
병원 방문. 우울증 진단받고
항우울제 잠시 복용.

22세 압박감에 시달리다
영문과로 편입.
어머니 지인의 추천으로
신경정신과 옮김.

26세 졸업 후 영어학원
에서 강사 일 시작.
파벌 대립이 괴로워
직장을 옮김.
총 2년 근무.

21세 재수 끝에 항공운항과 입학.
학과 생활과 대인관계를 버거워하다
엄마 손에 이끌려 간 병원에서
조울증 진단. 이때부터 리튬을 꾸준히
복용하기 시작.

28세 대현 씨 만나고 얼마 후 결혼.
식 올린 후 유학생 남편 따라 미국 생활.
정신과 약은 계속해서 복용.

32세 1월 재복용 한 지
9개월째에 황상민 박사와
첫 상담.

30세 임신.

32세 2월 황 박사와
두 번째 상담.
대현 씨와 함께 상담소 방문.

32세 3월 황 박사와
세 번째 상담.

35세 지원이 엄마로서
대현 씨의 아내로서 생활함과
동시에 김지영으로서
나 자신을 글로 꾸준히
표현하는 중.

31세 출산.
2개월 후 산후우울증
진단. 15개월 만에
정신과 약 재복용 시작.

29세 대현 씨와 귀국.
정신과 약 9년간 복용하다
임신 4개월 전 단약 시작.

92년생 김지영,

정신과 약으로 날려버린 마음,

WPI 심리상담으로 되찾다

초판 1쇄   2024년 6월 16일

지은이   황상민
발행인   황상민
편집 및 디자인 이은주
표지 그림   이승아

펴낸곳   도서출판 마음읽기
등록   2023년 11월 22일 (제 2023-000130호)
주소   서울시 종로구 체부동 6, 열반지 3층
전화   02-6263-2440

© 도서출판 마음읽기, 2024
ISBN   979-11-985577-1-1 (03810)